Carmem

Prosper Mérimée

Carmem

Tradução de Roberto Gomes

www.lpm.com.br

Coleção **L&PM** POCKET, vol. 78

Texto de acordo com a nova ortografia.

Primeira edição na Coleção **L&PM** POCKET: setembro de 1997
Esta reimpressão: junho de 2011

Título original: *Carmen*

Tradução: Roberto Gomes
Capa: Marco Cena
Revisão: Delza Menin, Renato Deitos e Flávio Dotti Cesa

M561c

Mérimée, Prosper, 1803-1870
    Carmem / Prosper Mérimée; tradução de Roberto Gomes -- Porto Alegre: L&PM, 2011.
    112 p. ; 18 cm -- (Coleção L&PM POCKET; v.78)

    ISBN: 978-85-254-0723-8

    1. Ficção francesa-romances. I. Título. II. Série.

                                        CDD 843
                                        CDU 840-3

Catalogação elaborada por Izabel A. Merlo, CRB 10/329.

© da tradução, L&PM Editores, 1997

Todos os direitos desta edição reservados a L&PM Editores
Rua Comendador Coruja, 314, loja 9 – Floresta – 90220-180
Porto Alegre – RS – Brasil / Fone: 51.3225.5777 – Fax: 51.3221.5380

PEDIDOS & DEPTO. COMERCIAL: vendas@lpm.com.br
FALE CONOSCO: info@lpm.com.br
www.lpm.com.br

Impresso no Brasil
Inverno de 2011

A MULHER É IGUAL AO FEL, MAS TEM DOIS BONS MOMENTOS, UM NO LEITO E OUTRO NA MORTE.

PALLADAS [1]

---

1. Poeta grego do século V a.C. (N.T.)

Capítulo Primeiro

Sempre suspeitei que os geógrafos não sabem o que dizem quando localizam o campo da batalha de Munda[2] no país dos Bastuli-Poeni[3], junto à moderna Monda, duas léguas ao norte de Marbella. Segundo minhas próprias conjecturas a partir do texto de autor anônimo, *Bellum Hispaniense*[4], e algumas informações recolhidas na excelente biblioteca do duque de Osuna, julgava ser necessário procurar nos arredores de Montilla o lugar memorável onde, pela última vez, César jogou a cartada decisiva contra os campeões da república. Encontrando-me em Andaluzia, no início do outono de 1830, fiz uma longa excursão buscando esclarecer as dúvidas que ainda me restavam. Um memorial que publicarei proximamente não deixará mais, creio, nenhuma incerteza no es-

---

2. Antiga cidade espanhola, hoje Monda, na qual Júlio César venceu os exércitos de Pompeu em 45 a.C. (N.T.)
3. Habitantes dos arredores de Munda. (N.T.)
4. Guerra da Espanha, obra que narra os feitos de César. (N.T.)

pírito de todos os arqueólogos de boa-fé. Esperando que minha dissertação resolva enfim o problema geográfico que mantém a Europa erudita em suspenso, quero lhes contar uma pequena história. Ela nada prejulga a respeito do interessante problema da localização de Munda.

Contratei em Córdoba um guia e dois cavalos e empreendi viagem com os *Comentários* de César e algumas camisas como única bagagem. Certo dia, vagando na parte elevada da planície de Cachena, vencido pela fadiga, morrendo de sede, ardendo sob um sol de chumbo, desejando mandar ao diabo César e os filhos de Pompeia, percebi, um tanto distante do atalho que seguia, um pequeno relvado verde, salpicado de juncos e de caniços. Anúncio da proximidade de uma nascente. De fato, ao me aproximar, vi que o pretenso relvado era um pântano no qual desaguava um riacho que saía, aparentemente, de uma garganta estreita entre dois altos contrafortes da serra da Cabra. Concluí que, acima, encontraria água mais fresca, sem sanguessugas e rãs, e talvez um pouco de sombra no meio dos rochedos. À entrada da garganta, meu cavalo relinchou, e um outro cavalo, que eu não via, respondeu de imediato. Mal havia dado uma centena de passos e a garganta, alargando-se bruscamente, me mostrou uma espécie de arena natural perfeitamente protegida pela sombra das escarpas que a rodeavam. Seria impossível encontrar um lugar que oferecesse ao viajante um pouso mais agradável. Ao pé dos rochedos íngremes, a nascente se lançava borbulhante e caía numa pequena bacia atapetada por uma areia branca como a neve. Cinco ou seis belas azinheiras, sempre ao abrigo do vento e refrescadas pela nascente, elevavam-se nas margens e a cobriam com sua sombra espessa. Enfim, em torno da bacia, uma erva fina, lustrosa, oferecia o melhor leito que se poderia encontrar em albergues num círculo de dez léguas.

Não me cabe a honra da descoberta de um lugar tão belo. Um homem lá estava, repousando, e sem dúvida dormia quando cheguei. Despertado pelos relinchos, ele se levantou, aproximando-se de seu cavalo, que havia aproveitado o sono do dono para fazer uma refeição nos pastos dos arredores. Era um jovem rapagão de aparência robusta, olhar lúgubre e altivo. Sua tez, que podia ter sido bela, tornara-se, pela ação do sol, mais escura do que seus cabelos. Numa das mãos ele segurava os arreios de sua montaria e, na outra, um bacamarte de cobre. Confesso que à primeira vista o bacamarte e o ar arredio do homem me surpreenderam um pouco. Mas eu não acreditava mais em ladrões, de tanto que deles ouvira falar e pelo fato de não encontrá-los nunca. Além disso, eu havia visto tantos granjeiros honestos armarem-se até os dentes para ir ao mercado, que a visão de uma arma de fogo não me autorizava a colocar em dúvida a honestidade do desconhecido.

Ademais, disse a mim mesmo, o que ele faria com minhas camisas e meus *Commentaires* Elzévir?[5] Saudei portanto o homem do bacamarte com um amistoso movimento de cabeça e lhe perguntei, sorrindo, se havia perturbado seu sono. Sem responder, me mediu da cabeça aos pés, e depois, talvez satisfeito o exame que fizera, observou com atenção meu guia, que se aproximava. Vi como este empalideceu e se deteve, mostrando um terror evidente. Péssimo encontro, pensei. Mas a prudência me aconselhou de imediato a não deixar transparecer nenhuma inquietação. Apeei, disse ao guia para desencilhar os animais, e, agachando-me à beira da nascente, nela mergulhei minha cabeça e minhas mãos. Depois, deitado de bruços, bebi um bom gole como os soldados maus de Gedeão.[6]

Observava, enquanto isso, meu guia e o desconhecido. O primeiro se aproximava contrariado. O outro parecia não alimentar más inten-

---

5. Entre os séculos XVI e XVII são notáveis as edições feitas pela família holandesa Elzévir (ou Elzevier ou Elschevier), caracterizadas pelo formato *in-12º*, que hoje chamaríamos "de bolso". (N.T.)
6. Gedeão, quinto juiz (séc. XII a.C.), combateu os medianitas, cujos ataques destruíam Israel. Deus ordenou a ele que eliminasse de seus combatentes aqueles que, na fonte de Harode, lambessem a água como um cão ou que se pusessem de joelhos. Os trezentos que recolheram a água na palma da mão para beber foram os escolhidos. (Livro dos Juízes, VII, 4,7.) (N.T.)

ções contra nós, pois havia soltado o cavalo, e seu bacamarte, que antes estava na horizontal, agora apontava para o chão.

Julgando que não deveria me melindrar com o pouco caso que pareciam fazer de mim, deitei-me sobre a relva, e, com ar casual, perguntei ao homem do bacamarte se não tinha um isqueiro. Ao mesmo tempo, apanhei meu estojo de charutos. O desconhecido, sempre sem dizer uma palavra, remexeu em seu bolso, pegou um isqueiro e, solícito, o acendeu. Evidentemente, se tornava mais humano, pois sentou-se à minha frente, embora sem largar sua arma. Acendido meu charuto, escolhi o melhor dos que me restavam e perguntei se fumava.

– Sim, senhor – respondeu.

Eram as primeiras palavras que dizia, e notei que não pronunciava o *s* à maneira andaluza.[7] Concluí que era um viajante igual a mim, apenas não era arqueólogo.

– Você achará este aqui muito bom – disse a ele, e lhe entreguei uma verdadeira preciosidade de Havana.

Ele me dirigiu uma rápida inclinação de cabeça, acendeu seu charuto no meu, agradeceu com outro sinal de cabeça e se pôs a fumar com ares de quem sente um grande prazer.

---

7. Os andaluzes aspiram o *s* e o confundem na pronúncia com o *c* doce e o *z*, que os espanhóis pronunciam como o *th* inglês. Tão só com a palavra *Señor* podemos reconhecer um andaluz.

– Ah! – exclamou, deixando escapar lentamente a primeira baforada pela boca e pelas narinas –, há quanto tempo eu não fumava!

Na Espanha, um charuto oferecido e aceito estabelece relações de hospitalidade, como no Oriente a partilha do pão e do sal. O homem mostrou-se então mais falante do que eu esperava. Por outro lado, embora ele se dissesse habitante do *partido*[8] de Montilla, parecia conhecer a região bastante mal. Não sabia o nome do charmoso vale no qual nos encontrávamos, não conseguia nomear nenhuma aldeia dos arredores. Enfim, quando perguntei se não havia visto nas redondezas muros em ruínas, grandes telhas com bordas reviradas, pedras esculpidas, confessou que jamais houvera prestado atenção a essas coisas. Em contrapartida, mostrou-se um entendido em matéria de cavalos. Criticou o meu, o que não era difícil. Depois me expôs a genealogia do seu, que saíra do famoso haras de Córdoba. De fato, tratava-se de um nobre animal, tão resistente à fadiga, conforme pretendia seu dono, que em certa ocasião havia feito trinta léguas num dia, galopando ou trotando. Em meio a seu discurso, o desconhecido parou bruscamente, entre surpreso e contrariado por ter falado demais. "É que eu estava com muita pressa de ir a Córdoba", repetiu com algum embaraço. "Ia requerer dos juízes providências quanto a um

---

8. Cantão. (N.T.)

processo." Falando, ele olhava meu guia Antônio, que abaixou os olhos.

A sombra e a nascente me encantavam de tal maneira, que me lembrei de alguns pedaços de excelente presunto que meus amigos de Montilla haviam colocado dentro da sacola do meu guia. Apanhei-os e convidei o estrangeiro a pegar sua parte da merenda improvisada. Se não havia fumado há muito tempo, me pareceu verossímil que não havia comido ao menos nas últimas quarenta e oito horas. Devorava como um lobo faminto. Julguei que nosso encontro havia sido providencial para o pobre-diabo. Enquanto isso, meu guia comia pouco, bebia menos ainda, e não falava coisa alguma, ainda que desde o início de nossa viagem tivesse se revelado um tagarela sem igual. A presença de nosso anfitrião parecia embaraçá-lo, e uma certa desconfiança os afastava um do outro sem que eu pudesse descobrir a causa.

Os últimos bocados de pão e presunto haviam desaparecido. Cada um de nós havia fumado um segundo charuto. Ordenei ao guia que encilhasse os cavalos e ia me despedir de meu novo amigo quando ele perguntou onde eu pretendia passar a noite.

Antes de perceber um sinal de meu guia, respondi que iria à *venta*[9] do Corvo.

---

9. Em espanhol no original: estalagem, venda à beira de estradas. (N.T.)

– Péssima pousada para alguém como o senhor... Vou ao mesmo lugar, e, se me permitir acompanhá-lo, faremos o caminho juntos.

– Com o maior prazer – eu disse, montando a cavalo.

Meu guia, segurando o estribo, me fez um novo sinal com os olhos. Respondi erguendo os ombros, mostrando deixar claro que eu estava perfeitamente tranquilo. E nos colocamos a caminho.

Os sinais misteriosos de Antônio, sua inquietude, algumas palavras que o desconhecido deixara escapar, sobretudo seu percurso de trinta léguas e a explicação pouco plausível que dela havia dado, já haviam formado minha opinião sobre o feitio de meu companheiro de viagem. Não duvidava que estivesse tratando com um contrabandista, talvez um ladrão. Que me importava? Eu conhecia o suficiente do temperamento espanhol para estar seguro de que não tinha nada a temer de um homem que havia comido e fumado comigo. Sua simples presença era uma proteção contra qualquer encontro inesperado. Além disso, eu estava feliz por saber o que é um salteador. Não os vemos todos os dias, e há um certo charme em estar ao lado de um ser perigoso, sobretudo quando nós o sentimos doce e manso.

Aos poucos conduzi o desconhecido a me fazer confidências, e, apesar das piscadelas de meu guia, dirigi a conversação para os ladrões de estradas. Bem entendido, toquei no assunto com respeito. Havia então, em Andaluzia, um famoso bandido chamado José-Maria, cujas façanhas estavam em todas as bocas. "Se eu estivesse ao lado de José-Maria?", pensava... Contei as histórias que sabia desse herói, tecendo louvores, é claro, e expressei claramente minha admiração por sua bravura e generosidade.

– José-Maria não passa de um fanfarrão – disse friamente o desconhecido.

"Estará sendo justo ou será um excesso de modéstia de sua parte?", me perguntei. De tanto observar meu companheiro, eu chegara a lhe aplicar a designação de José-Maria, que eu havia lido fixada nas portas de várias cidades de Andaluzia. "Sim, é ele... Cabelos loiros, olhos azuis, boca grande, belos dentes, mãos pequenas. Uma camisa fina, roupa de veludo com botões de prata, polainas de pele branca, um cavalo baio... Sem dúvidas! Mas respeitemos seu anonimato."

Chegamos à *venta*. Era tal como ele me havia pintado: uma das mais miseráveis que já encontrara. Uma grande peça servia de cozinha, de sala de refeições e de quarto de dormir. Sobre uma pedra plana, o fogo era aceso no meio do quarto e a fumaça saía por um buraco feito no teto, ou melhor, estacionava formando uma nuvem a alguns pés do chão. Ao longo do muro, viam-se, estendidos no chão, cinco ou seis velhos pelegos de mulas. Era o leito dos viajantes. A vinte passos da casa, ou seja, da única peça que acabo de descrever, erguia-se uma espécie de galpão que servia de estrebaria. Nessa agradável sala de estar não havia outros seres humanos, ao menos no momento, além de uma velha e uma menina de dez ou doze anos, ambas de cor de fuligem e vestidas com trapos horríveis. "Eis tudo que resta", disse a mim mesmo, "da população da antiga Munda Bætica! Ô César! Ô Sexto Pompeu! Vocês ficariam surpresos caso voltassem ao mundo!"

Ao ver meu companheiro, a velha deixou escapar uma exclamação de surpresa.

– Ah! Senhor José! – gritou.

Dom José franziu a sobrancelha e levantou a mão num gesto autoritário, que paralisou a velha de imediato. Virei-me na direção de meu guia e, com um sinal imperceptível, fiz com que compreendesse que ele não tinha o que me ensinar a respeito do tipo de homem com quem eu ia passar a noite. A ceia foi melhor do que eu esperava. Fomos servidos numa pequena mesa de um pé de altura. Um velho galo misturado com arroz e muita pimenta, seguido de pimenta ao óleo e, por fim, *gaspacho*, espécie de salada de pimentas. Três pratos assim condimentados nos obrigaram a recorrer com frequência a um odre de um delicioso vinho de Montilla. Após a refeição, avistando um bandolim dependurado na parede – há bandolins por toda parte na Espanha – perguntei à menina que nos servia se ela sabia tocá-lo.

– Não – respondeu. – Mas Dom José toca muito bem!

– Faça a gentileza – disse a ele – e cante alguma coisa. Eu adoro a música de seu país.

– Não posso recusar nada a um senhor tão honrado e que me ofereceu charutos tão excelentes – exclamou Dom José, aparentando bom humor.

E, pedindo que lhe dessem o bandolim, cantou fazendo o acompanhamento. Sua voz era rude, mas ainda assim agradável, e, a canção, melancólica e esquisita. Quanto à letra, não entendi uma só palavra.

– Se não me engano – disse a ele –, não é uma canção espanhola que o senhor acaba de cantar. Lembra os *zorzicos*, que eu ouvia nas Provinces[10], e as palavras devem estar em língua basca.

– Sim – respondeu Dom José, com um ar sombrio.

Ele colocou o bandolim no chão e, com os braços cruzados, ficou a contemplar o fogo que se apagava, com uma singular expressão de triste-

---

10. As *províncias privilegiadas*, gozando de *fueros* (foros) particulares, quer dizer Alava, Biscaia, Guipuzcoa e uma parte de Navarra. O basco é a língua do país.

za. Iluminado por um candeeiro colocado sobre a mesinha, sua figura, ao mesmo tempo nobre e selvagem, me fazia pensar no *Satan* de Milton. Do mesmo modo, talvez, meu companheiro sonhava com o lar que havia deixado, no exílio ao qual um erro o conduzira. Tentei reanimar a conversa, mas ele não respondeu, absorto que estava em seus tristes pensamentos. A velha já havia se deitado num canto da sala, ao abrigo de um cobertor esburacado estendido sobre uma corda. A menina a seguira nesse isolamento reservado ao belo sexo. Meu guia, então, levantando-se, me convidou a acompanhá-lo à estrebaria. Diante dessa palavra, Dom José, como se acordasse sobressaltado, lhe perguntou num tom brusco aonde ia.

– À estrebaria – respondeu o guia.

– Fazer o quê? Os cavalos têm o que comer. Deite aqui, seu patrão dará licença.

– Receio que o cavalo do patrão esteja doente. Gostaria que ele o visse, talvez saiba o que é preciso fazer.

Era evidente que Antônio queria falar comigo em particular, mas eu me preocupava em não alimentar suspeitas em Dom José. No ponto onde estávamos, me parecia que a melhor atitude a tomar seria mostrar a mais absoluta confiança. Respondi então a Antônio que eu não entendia nada de cavalos e que estava com vontade de dormir. Dom José o acompanhou à estrebaria, de onde logo em seguida retornou só. Me disse que o cavalo não tinha nada, mas meu guia o julgava um animal tão precioso que o friccionara com seu casaco para fazê-lo transpirar e pretendia passar a noite nessa doce ocupação. Enquanto isso, me estendi sobre os pelegos de mula, cuidadosamente embrulhado no meu manto para não tocá-los. Depois de me pedir desculpas pela liberdade que tomava de se colocar a meu lado, Dom José se deitou em frente à porta, não sem ter trocado o detonador de seu bacamarte, que teve o cuidado de colocar sob a sacola que lhe servia de travesseiro. Cinco minutos após termos desejado um ao outro boa noite, estávamos os dois profundamente adormecidos.

Eu acreditava estar cansado o bastante para conseguir dormir em tal albergue, mas, ao cabo de uma hora, coceiras muito desagradáveis me arrancaram de meu primeiro sono. Tão logo compreendi do que se tratava, levantei-me, persuadido de que era melhor passar o resto da noite a céu aberto do que sob um teto hostil. Andando na ponta dos pés, alcancei a porta saltando por cima do leito de Dom José, que dormia o sono dos justos, e o fiz tão bem que saí da casa sem que ele despertasse. Junto à porta havia um amplo banco de madeira. Deitei-me nele e me ajeitei da melhor forma, pensando ali terminar minha noite. Ia fechar os olhos pela segunda vez, quando me pareceu ver passar à minha frente a sombra de um homem e de um cavalo, que andavam sem fazer o menor ruído. Ergui-me e julguei reconhecer Antônio. Surpreso por vê-lo fora da estrebaria àquela hora, levantei-me e fui até ele. Ao me ver, ele se deteve.

– Onde ele está? – me perguntou Antônio em voz baixa.

– Na *venta*. Dormindo. Ele não teme percevejos. Mas por que está conduzindo esse cavalo?

Notei então que, para não fazer ruído ao sair do galpão, Antônio havia cuidadosamente envolvido as patas do animal com retalhos de um velho cobertor.

– Fale mais baixo – me disse Antônio –, em nome de Deus! Não pode imaginar quem seja aquele homem. É José Navarro, o mais notório bandido de Andaluzia. O dia inteiro lhe fiz sinais que o senhor não quis compreender.

– Bandido ou não, que me importa? – respondi. – Não nos roubou e aposto que não tem esta intenção.

– Ainda bem, mas há duzentos ducados para quem o denunciar. Conheço um posto de lanceiros a légua e meia daqui e, antes que amanheça, voltarei com alguns rapagões fortes. Teria usado seu cavalo, mas é tão agressivo que ninguém, exceto Navarro, pode se aproximar dele.

– Que o diabo te carregue! – eu disse. – Que mal te fez esse homem para que o denuncies? Além disso, você tem certeza de que é o bandido que imaginas?

– Certeza absoluta. Há pouco me seguiu na estrebaria e me disse: "Tu tens jeito de me conhecer. Se disseres a esse bom homem quem eu sou, te faço explodir os miolos". O senhor fique ao lado dele, não tem o que temer. Enquanto o senhor estiver com ele, não desconfiará de nada.

Seguimos falando e já estávamos distantes o suficiente da *venta* para que alguém pudesse ouvir as ferraduras do cavalo. Antônio retirou num piscar de olhos os farrapos com os quais embrulhara suas patas e se preparou para montar. Tentei dissuadi-lo com súplicas e ameaças.

– Eu sou um pobre-diabo, senhor – disse ele. – Duzentos ducados não é coisa que se perca, sobretudo quando se trata de livrar a região de semelhante verme. Mas preste atenção. Se o Navarro acorda, saltará sobre seu bacamarte e, então, cuide-se! Eu já fui longe demais para recuar. O senhor se vire como puder.

O cretino estava na sela. Esporeou o cavalo e logo o perdi de vista na escuridão.

Eu estava muito irritado com meu guia e bastante inquieto. Após um instante de reflexão, decidi-me e retornei à *venta*. Dom José ainda dormia, recuperando-se sem dúvida das fadigas e vigílias de muitas jornadas arriscadas. Fui obrigado a sacudi-lo vigorosamente para que acordasse. Jamais esquecerei de seu olhar selvagem e do movimento que fez para alcançar o bacamarte, o qual, por medida de segurança, eu havia colocado um pouco distante de seu leito.

– Senhor – eu lhe disse –, peço perdão por acordá-lo, mas tenho uma questão a lhe apresentar: se importaria com a chegada de uma dúzia de lanceiros?

Ele saltou sobre os pés e, com uma voz terrível:

– Quem lhe disse tal coisa? – me perguntou.

– Pouco importa de onde vem o aviso, desde que tenha valia.

– Seu guia me traiu, mas ele me pagará. Onde está ele?

– Não sei... Na estrebaria, acho... Mas alguém me disse...

– Quem lhe disse?... Não pode ter sido a velha...

– Alguém que eu não conheço... Sem rodeios, o senhor tem ou não motivos para não aguardar os soldados? Caso tenha, não perca tempo, caso contrário, boa noite e desculpas por ter interrompido seu sono.

– Ah! Vosso guia! Vosso guia! No início, desconfiei... mas... ele vai me pagar... Adeus, senhor.

Deus vos recompense pelo que lhe devo. Não sou tão malvado quanto acredita... Sim, ainda há em mim alguma coisa que merece a piedade de um homem educado... Adeus, senhor... Só lamento uma coisa, não poder saldar minha dívida consigo.

– Como pagamento dos serviços que lhe prestei, prometa-me, Dom José, não suspeitar de ninguém, de não intentar vingança. Tome alguns charutos para vossa caminhada. Boa viagem!

E lhe estendi a mão.

Ele a apertou sem responder, tomou seu bacamarte e sua sacola e, depois de dizer algumas palavras à velha num jargão que não pude compreender, correu ao galpão. Alguns instantes depois, escutei o galope no campo.

Por mim, tornaria a deitar-me no banco, mas não dormiria de modo algum. Me questionei se havia procedido corretamente ao salvar um ladrão, talvez um assassino, do patíbulo, e tão somente porque havia comido salame e arroz à valenciana com ele. Não teria traído meu guia, que defendia a causa da lei? Não o teria exposto a uma vingança de um celerado? Os deveres da hospitalidade!... Preconceito de selvagem. Serei responsável por todos os crimes que o bandido vier a cometer... Será um preconceito esse instinto de consciência que resiste a todos os argumentos? Talvez, na situação delicada na qual me encontrava, não pudesse dela sair sem remorsos. Eu oscilava na maior incerteza quanto à moralidade de minha ação, quando vi surgir uma meia dúzia de cavaleiros com Antônio, que se mantinha prudentemente na retaguarda. Me coloquei à frente deles e adverti que o bandido havia fugido há cerca de duas horas. A velha, interrogada pelo brigadeiro, respondeu que conhecia Navarro, mas que, vivendo sozinha, jamais arriscaria sua vida denunciando-o. Ela acrescentou que, quando vinha a sua casa, tinha o hábito de partir no meio da noite. Quanto a mim, precisava ir, a algumas léguas, exibir meu passaporte e assinar uma declaração diante do alcaide, após o que me permitiriam retomar minhas pesquisas arqueológicas. Antônio estava ressentido comigo, suspeitando que fora eu que o impedira de ganhar os duzentos ducados. Portanto, nos separamos como dois bons amigos, em Córdoba, quando lhe dei uma gratificação tão substancial quanto me permitiam minhas finanças.

....

Capítulo Segundo

Passei alguns dias em Córdoba. Haviam me indicado certos manuscritos da Biblioteca dos Dominicanos, onde eu encontraria informações interessantes sobre a antiga Munda. Recebido cordialmente pelos bons padres, passava os dias no convento, e, à noite, me dirigia à cidade.

Em Córdoba, ao crepúsculo, há uma quantidade de desocupados no cais que margeia a orla do Guadalquivir. Aí se respiram as emanações de um curtume que preserva o antigo prestígio do país na preparação de couro. Mas, em troca, desfrutamos aí de um espetáculo notável. Alguns minutos antes do *angelus*, um grande número de mulheres se reúne à beira do rio, embaixo do cais, o qual é bastante elevado. Nenhum homem ousaria se misturar àquele grupo. Assim que soa o *angelus*, considera-se que a noite chegou. Ao último toque do sino, todas essas mulheres se despem e entram na água. São gritos, risos, uma balbúrdia infernal. Do alto do cais, os homens contemplam as banhistas, arregalam os olhos e não enxergam grandes coisas. Enquanto essas formas brancas e indefinidas que se desenham contra a sombra azul do rio fazem trabalhar os espíritos poéticos, com um pouco de imaginação não é difícil representar Diana e suas ninfas no banho, sem necessidade de temer a sorte de Actéon.[11]

Contaram-me que alguns gaiatos se cotizaram certo dia para subornar o tocador de sino da catedral para que soasse o *angelus* vinte minutos antes da hora legal. Enquanto era ainda dia claro, as ninfas do Guadalquivir não hesitaram e, fiando-se mais no *angelus* do que no sol, vestiram-se com suas roupas de banho, sempre as mais simples. Eu não me encontrava lá. No meu tempo o tocador de sino era incorruptível, o crepúsculo pouco claro, e só um gato poderia distinguir a mais velha comerciante de laranjas da mais bela costureirinha de Córdoba.

Uma noite, numa hora em que não se vê mais nada, eu fumava, apoiado sobre o parapeito do cais, quando uma mulher, subindo uma escada que conduz ao rio, veio sentar-se perto de mim. Ela trazia nos cabelos um grande buquê de jasmim, cujas pétalas exalavam um odor inebriante. Vestia-se

---

11. Actéon, caçador, foi educado pelo Centauro Quíron. Ao ser surpreendido espiando Diana banhando-se na fonte, foi por ela transformado em um cervo e devorado pelos seus próprios cães. (N.T.)

com simplicidade, talvez pobremente, apenas de preto, como a maior parte das costureiras à noite. As mulheres de verdade não usam o negro a não ser pela manhã. À noite, se vestem à *la francesa*. Aproximando-se de mim, minha banhista deixou deslizar sobre seus ombros a mantilha que cobria sua cabeça e, *à incerta claridade que desce das estrelas*, vi que ela era pequena, jovem, benfeita, e que tinha olhos muito grandes. Joguei meu charuto. Ela entendeu essa atenção como uma gentileza toda francesa e se apressou em me dizer que gostava muito do cheiro de tabaco, e que ela própria fumava quando encontrava *papelitos*[12] bem doces. Por um acaso feliz, eu tinha alguns deles em meu estojo e lhe ofereci. Ela teve a bondade de pegar um deles e o acendeu numa ponta de corda inflamada que um menino nos trouxe em troca de um vintém. Misturando nossos fumos, conversamos por um tempo tão longo, a bela banhista e eu, que ao final estávamos quase a sós no cais. Acreditei que não a ofenderia caso a convidasse para tomarmos uma taça de sorvete na *neveria*.[13] Após uma discreta hesitação, ela aceitou. Mas, antes de se decidir, quis saber que horas eram. Fiz soar meu relógio, o que aparentemente a deixou atônita.

---

12. Papéis com os quais se enrolava o fumo para fazer o cigarro. Cigarros de papel. (N.T.)
13. Café que dispõe de uma geladeira, ou, melhor dizendo, de um depósito de neve. Na Espanha, não há aldeia que não tenha sua *neveria*.

— Que invenções existem no seu país, senhores estrangeiros! De que país é, senhor? Inglês, sem dúvida?[14]

— Francês e seu criado. E você, senhorita, é provavelmente de Córdoba.

— Não.

— Ao menos é andaluza. Creio reconhecê-lo pelo modo doce de falar.

— Se o senhor observa tão bem o sotaque das pessoas, deveria muito bem adivinhar quem sou.

— Creio que seja do país de Jesus, a dois passos do paraíso.

(Aprendera esta metáfora, que designa Andaluzia, com meu amigo Francisco Sevilla, picador muito conhecido.)

— Ah! O paraíso... O povo daqui diz que ele não é feito para nós.

— Então, você é moura, ou... — contive-me, sem ousar dizer: judia.

— Ora, vamos! Está vendo muito bem que eu sou cigana. Quer que eu leia sua *baji*?[15] Ouviu falar de Carmencita? Sou eu.

Naquela época eu era de tal forma cético — já se passaram quinze anos — que não recuei horro-

---

14. Na Espanha, todo viajante que não traz consigo amostra de panos de algodão ou seda passa por inglês, *inglesito*. Ocorre o mesmo no Oriente. Em Chalcis tive a honra de ser anunciado como um Μιλοδoζ Φραντσφσοζ.

15. Sorte.

rizado ao me ver ao lado de uma bruxa. "Bom", pensei, "na semana passada topei com um ladrão de estradas, hoje vamos tomar sorvetes com uma serva do diabo. Viajando, de tudo se vê." Tinha ainda outro motivo para conhecê-la melhor. Saindo do colégio, admito com vergonha, perdi um certo tempo estudando ciências ocultas, e muitas vezes fui tentado a conjurar o espírito das trevas. Curado há muito da paixão por semelhantes pesquisas, conservava no entanto certa atração, ligada à curiosidade, por todas as superstições, e me parecia divertido estudar aonde chegara a arte da magia entre os ciganos.

Conversando, entramos na *neveria* e nos sentamos a uma pequena mesa iluminada por uma vela colocada dentro de um globo de vidro. Fiquei então à vontade para examinar minha *gitana*, enquanto algumas pessoas sérias se espantavam, ao pegar seus sorvetes, vendo-me em tão boa companhia.

Duvido muito que a senhorita Carmem fosse de raça pura, era ao menos infinitamente mais bela que todas as mulheres de sua nação que eu já havia encontrado. Para que uma mulher seja bela, é preciso, dizem os espanhóis, que reúna trinta *si*, ou, se se quiser, que se possa defini-la por meio de dez adjetivos aplicáveis cada um a três partes de sua pessoa. Por exemplo, ela deve ter três coisas negras: os olhos, as pálpebras e as sobrancelhas. Três finas: os dedos, os lábios, os cabelos etc. Consultem Brantôme[16] quanto ao resto. Minha cigana não poderia pretender tanta perfeição. Sua pele, embora perfeitamente lisa, se aproximava bastante do tom do cobre. Seus olhos eram oblíquos, mas admiravelmente traçados, seus lábios um pouco fortes, mas bem desenhados e deixando à mostra dentes mais brancos do que amêndoas sem a pele. Seus cabelos, talvez um pouco grossos, eram negros, com reflexos azulados como as asas de um corvo, longos e reluzentes. Para não cansá-los com uma descrição por demais prolixa, lhes diria em resumo que para cada defeito ela reunia uma qualidade que se destacava com maior força pelo contraste. Era uma beleza estranha e selvagem, uma figura que surpreendia de início, mas que não se podia esquecer. Seus olhos, em particular, tinham uma expressão ao mesmo tempo voluptuosa e selvagem, que jamais tornei a encontrar num olhar humano. Olho de cigana, olho de lobo, é um ditado espanhol que vem a calhar. Se não tendes tempo de ir ao Jardim das Plantas[17] para estudar o olhar de um lobo, observe vosso gato quando espreita um pardal.

Pareceu-nos que seria ridículo ver a sorte num café. Por isso pedi à bela feiticeira que me permi-

---

16. Cronista do século XVI. (N.T.)
17. Jardim Botânico de Paris. (N.T.)

tisse acompanhá-la a sua residência. Consentiu sem dificuldade, mas queria saber novamente as horas e me pediu de novo para fazer soar meu relógio.

– É de ouro de verdade? – perguntou, olhando o relógio com excessiva atenção.

Quando nos colocamos a caminho, era noite fechada. A maior parte das lojas estava fechada e as ruas quase desertas. Passamos a ponte do Guadalquivir, e, nos limites do subúrbio, paramos em frente de uma casa que não tinha de modo algum a aparência de um palácio. Um menino nos abriu a porta. A cigana disse-lhe algumas palavras numa língua para mim desconhecida, que depois fui saber tratar-se do *rommani* ou *chipe calli*, o idioma dos gitanos. O menino desapareceu de imediato, deixando-nos num aposento muito amplo, mobiliado com uma pequena mesa, dois tamboretes e uma arca. Não devo, no entanto, me esquecer de mencionar um jarro d'água, uma porção de laranjas e uma réstia de cebola.

Assim que ficamos a sós, a cigana retirou do cofre cartas que pareciam bastante usadas, um ímã, um camaleão seco e alguns outros objetos necessários a sua arte. Ela pediu que, com uma moeda, eu fizesse a cruz em minha mão esquerda. E as cerimônias mágicas começaram. É inútil lhes contar suas previsões e, quanto a seu modo de operar, era evidente que ela não era uma falsa feiticeira.

Infelizmente fomos perturbados logo a seguir. A porta abriu-se de um só golpe, com violência, e um homem, enrolado até os olhos num manto pardo, entrou no aposento insultando a cigana de um modo nada cortês. Eu não entendia o que ele dizia, mas o tom de sua voz indicava que estava de muito mau humor. Vendo-o, a gitana não mostrou nem surpresa nem cólera, mas foi ao seu encontro e, com uma ênfase extraordinária, dirigiu-lhe algumas frases numa língua misteriosa da qual já fizera uso diante de mim. A palavra *payllo*, repetida várias vezes, era a única que eu compreendia. Sabia que os ciganos designam assim todos os homens que não sejam de sua raça. Supondo que se referia a mim, eu esperava uma boa explicação. Mantive a mão segurando o pé do tamborete e esperei pelo momento certo de arremessá-lo na cabeça do intruso. Ele afastou rudemente a cigana, avançou em minha direção e, em seguida, recuou um passo.

– Ah! É o Senhor! – exclamou.

Ao examiná-lo, reconheci meu amigo Dom José. Nesse momento, lamentei não ter deixado que o prendessem.

– Eh! É você, meu caro – exclamei, rindo o menos amarelo que pude. – Você interrompeu a senhorita quando ia me revelar coisas muito interessantes.

– Sempre a mesma! Isso terá um fim – disse entre dentes, dirigindo a ela um olhar selvagem.

Nesse meio tempo a cigana continuava a falar com ele na mesma língua. Ela se inflamava aos saltos. Seus olhos se injetavam de sangue e tornavam-se terríveis, seus traços se contraíam, batia os pés. Parecia-me que o pressionava a fazer alguma coisa diante da qual ele hesitava. O que era, acreditava não o compreender, até vê-la passar e repassar rapidamente sua mãozinha sob o queixo. Fui tentado a crer que se tratasse de uma garganta a ser cortada e suspeitei que esta garganta pudesse ser a minha.

A essa torrente de eloquência, Dom José não respondeu senão com duas ou três palavras pronunciadas num tom seco. Então a cigana lhe lançou um olhar de profundo desprezo e, sentando-se à maneira turca num canto do quarto, escolheu uma laranja, descascou-a e comeu.

Dom José tomou-me pelo braço, abriu a porta e me conduziu para a rua. Andamos cerca de cem passos no mais completo silêncio. Depois, estendendo a mão:

– Sempre em frente – disse ele –, e você encontrará a ponte.

A seguir deu-me as costas e se afastou rapidamente. Retornei ao meu albergue um tanto confuso e de muito mau humor. O pior foi que, ao me despir, percebi que estava sem o relógio.

Diversos afazeres me impediram de ir reclamá-lo pela manhã ou de solicitar ao senhor corregedor para que determinasse sua busca. Terminei meu trabalho sobre o manuscrito dos Dominicanos e parti para Sevilha. Depois de muitos meses de caminhadas errantes pela Andaluzia, resolvi retornar a Madri e foi necessário passar novamente por Córdoba. Não tinha intenção de ali permanecer por longo tempo, pois havia desenvolvido uma aversão alérgica por essa bela cidade e as banhistas do Guadalquivir. No entanto, alguns amigos a rever e algumas tarefas a cumprir deveriam me prender na antiga capital dos príncipes muçulmanos por uns três ou quatro dias.

Assim que cheguei ao convento dos Dominicanos, um dos padres que sempre haviam mostrado um vivo interesse por minhas pesquisas sobre a localização de Munda me recebeu de braços abertos, exclamando:

– Louvado seja o nome de Deus! Seja bem-vindo, meu querido amigo. Nós acreditávamos que estivesse morto, e eu cheguei a recitar uma porção de padre-nossos e de ave-marias, o que não lamento, pela salvação de sua alma. Então não foi assassinado, já que roubado sabemos que foi?

– Como? – perguntei, surpreso.

– Sim, você sabe, aquele belo relógio de repetição que você fazia soar na biblioteca, quando dizíamos que era hora de ir ao coro. Pois bem! Ele foi encontrado, vou lhe entregar.

– Quer dizer – interrompi, um tanto perplexo – que eu o havia perdido...

– O trapaceiro está na prisão, e, como sabíamos que ele seria capaz de dar um tiro de fuzil num homem para roubar uma peseta, nós morremos de medo que ele o tivesse matado. Iremos ao corregedor e o senhor receberá seu relógio de volta. E depois vocês ficam dizendo que na Espanha a justiça não sabe cumprir seu papel!

– Confesso – lhe disse – que preferiria antes perder meu relógio a testemunhar na justiça para levar à prisão um pobre-diabo, sobretudo porque... porque...

– Não se perturbe. Ele está bem encomendado, não se pode enforcá-lo duas vezes. Quando digo enforcar, me engano. É um fidalgo, vosso ladrão. Será garroteado depois de amanhã, sem perdão.[18] Considere que um roubo a mais ou a menos não alterará em nada sua situação. Quisera Deus que fosse apenas ladrão! Ocorre que cometeu diversos assassinatos, uns mais horríveis do que os outros.

– Como se chama?

– É conhecido no país como José Navarro, mas tem um outro nome basco que nem você nem eu jamais conseguiríamos pronunciar. É um homem que vale a pena conhecer, o senhor não deve

---

18. Em 1830, a nobreza gozava ainda desse privilégio. Hoje, sob regime constitucional, os vilões conquistaram o direito ao garrote.

perder a oportunidade de ver como na Espanha os trapaceiros se despedem do mundo. Ele está em capela.[19] Padre Martinez vos conduzirá a ele.

Meu Dominicano insistiu de tal modo para que eu assistisse aos preparativos do "belo enforcamentozinho" que não consegui me esquivar. Iria ver o prisioneiro, munido de um maço de charutos que, esperava, pudessem desculpar minha indiscrição.

Fui conduzido a Dom José quando ele almoçava. Ele me recebeu com um movimento de cabeça muito frio e agradeceu com polidez pelo presente que lhe entregava. Após verificar os charutos do maço que eu havia colocado em suas mãos, ele escolheu alguns e me entregou o resto, observando que não precisava mais do que aquilo.

Perguntei se com algum dinheiro ou influência de amigos eu poderia obter um abrandamento de sua pena. De início ele sacudiu os ombros, sorrindo com tristeza. Depois, reconsiderou e me pediu que mandasse rezar uma missa pela salvação de sua alma.

– Poderia – acrescentou timidamente –, poderia mandar rezar uma outra para uma pessoa que vos ofendeu?

– Certamente, meu caro – eu lhe disse –, mas ninguém, que eu saiba, me ofendeu neste país.

---

19. "Estar em capela": estado do condenado que, aguardando a execução, era entregue aos cuidados dos monges para a salvação de sua alma. (N.T.)

Ele tomou minha mão e a apertou com um ar grave. Após um momento de silêncio, disse:

– Poderia ousar ainda mais e lhe pedir um favor?... Quando o senhor retornar a seu país, talvez passe por Navarra, ao menos passará por Vitória, que não fica muito distante.

– Sim, passarei certamente por Vitória. Mas não é impossível que me desvie para ir a Pamplona, e, por sua causa, creio que tomarei com prazer esse atalho.

– Pois bem, se for a Pamplona, verá várias coisas que chamarão sua atenção... É uma bela cidade... Eu lhe darei esta medalha (me mostrou uma pequena medalha de prata que trazia no pescoço), o senhor a embrulhará num papel... – ele parou por um instante para controlar a emoção – ... e a entregará ou fará entregar a uma mulher cujo endereço eu lhe darei. Dirá a ela que estou morto, mas não como morri.

Prometi atender a seu desejo. Eu o revi no dia seguinte e passei uma parte do dia com ele. Foi de sua boca que ouvi as tristes aventuras que iremos ler.

Capítulo Terceiro

Nasci, disse ele, em Elizondo, no Vale de Baztan.

Meu nome é José Lizzarrabengoa, e o senhor conhece suficientemente a Espanha para que meu nome lhe sugira que sou basco e cristão dos antigos. Se uso o *Dom* é por ter esse direito e, caso estivesse em Elizondo, lhe mostraria minha genealogia num pergaminho. Queriam que eu fosse da Igreja e me fizeram estudar, mas eu não aprendi quase nada. Eu gostava demais de jogar pela, e foi isso que me perdeu. Quando nós, os navarrinos, jogamos a pela, esquecemos de tudo. Um dia em que eu havia ganho, um cara de Alava me provocou para briga. Pegamos nossos *maquilas*[20] e eu ganhei novamente, mas isso me obrigou a deixar a região. Encontrei alguns dragões e me engajei no regimento de Almanza, como cavaleiro. As pessoas de nossas montanhas aprendem rápido o serviço

---

20. Bastões guarnecidos de ferro dos Bascos.

militar. Logo me tornei brigadeiro e prometeram me fazer marechal de logística, quando, para meu azar, fui colocado como guarda na manufatura de tabaco, em Sevilha. Se o senhor já foi a Sevilha, terá visto aquela grande construção fora das muralhas, junto ao Guadalquivir. Parece que vejo ainda a porta e, junto dela, o corpo de guarda. Quando estão de serviço, os espanhóis jogam cartas ou dormem. Eu, como um autêntico navarrino, tratava de me manter ocupado. Fazia uma corrente com fio de latão para segurar minha agulheta[21]. Súbito, meus camaradas dizem: "O sino está tocando! As garotas vão entrar na obra". Você sabe, senhor, que há de quatro a cinco centenas de mulheres empregadas na indústria. São elas que enrolam os charutos numa grande sala na qual os homens não entram sem uma autorização do Vinte e quatro[22], isso porque elas costumam ficar à vontade, sobretudo as jovens, quando faz muito calor. Na hora em que os operários retornam, após o almoço, muitos jovens vão vê-las passar, e dizem a elas poucas e boas. São raras as senhoritas que recusam uma mantilha de tafetá, e os que amam esse tipo de pesca não precisam senão abaixar-se para pegar o peixe. Enquanto os outros olhavam, eu perma-

---

21. Vareta anexa ao cano das armas de fogo para limpeza do tubo alma. (N.T.)
22. Magistrado engarregado da polícia e da administração municipal.

necia no meu banco, ao lado da porta. Eu ainda era jovem. Lembrava sempre de minha terra e não acreditava que existissem belas garotas sem saias azuis e sem tranças caindo sobre os ombros.[23] Além disso, as andaluzas me metiam medo. Eu ainda não assimilara seus modos: sempre a zombar, jamais falando sério. Eu estava, pois, com o nariz enfiado na minha corrente, quando escutei dizerem: "Eis a ciganinha!". Eu ergui os olhos e a vi. Era uma sexta-feira e eu não a esquecerei jamais. Vi a Carmem que o senhor conheceu, na casa de quem eu o reencontrei há alguns meses.

Ela usava um saiote vermelho muito curto, que deixava à mostra meias de seda brancas com mais de um buraco, e pequenos sapatos de marroquim vermelho atados com fitas cor de fogo. Afastava sua mantilha para mostrar os ombros, e um grande buquê de cássias saía de sua camisa. Trazia uma flor de cássia no canto da boca e avançava balançando os quadris como uma potranca do haras de Córdoba. Em meu país, uma mulher nesses trajes faria com que todo mundo se benzesse. Em Sevilha, todos lhe endereçavam gracejos diante de seus volteios. Ela respondia a cada um, dirigindo olhares lânguidos, as mãos na cintura, insolente como a verdadeira cigana que era. De início, não me agradou e retornei a meu trabalho.

---

23. Indumentária usual das camponesas de Navarra e das províncias bascas.

Mas ela, seguindo o costume das mulheres e dos gatos, que não vêm quando os chamam e que vêm quando não são chamados, parou à minha frente e me dirigiu a palavra.

– Compadre – disse ela à maneira andaluza –, não queres me dar tua corrente para prender as chaves de meu cofre forte?

– É para segurar minha agulheta – respondi.

– Tua agulheta! – exclamou, rindo. – Ah, este aqui faz renda, por isso precisa de agulhetas!

Todos que estavam em volta começaram a rir e eu senti meu rosto avermelhar. Não encontrei o que responder.

– Vamos, meu coração – insistiu ela –, me faça sete varas de renda preta para uma mantilha, agulheiro de minha vida!

E, tomando a flor de cássia que trazia na boca, jogou-a, num movimento de polegar, precisamente entre meus olhos. Senhor, foi como se tivesse sido atingido por uma bala... Não sabia onde me enfiar e permaneci imóvel como uma estaca. Quando ela entrou na fábrica, vi a flor de cássia caída entre meus pés. Não sei o que me deu, mas a recolhi sem que meus camaradas vissem e a guardei, como se fosse uma joia, dentro de meu casaco. Primeira besteira!

Ainda pensava nesse episódio quando, duas ou três horas após, chegou ao corpo de guarda um porteiro ofegante, desfigurado. Nos disse que no salão dos charutos havia uma mulher assassinada, o que exigia a presença da guarda. O sargento mandou que eu reunisse dois homens e fosse até lá. Reuni os homens e fui. Note, senhor, que ao entrar no salão dei com trezentas mulheres em camisas ou quase isso, todas gritando, berrando, gesticulando, fazendo uma balbúrdia infernal. De um lado, havia uma mulher caída de costas, coberta de sangue, com um X feito a golpes de punhal sobre o rosto. Diante da mulher ferida, a quem as mais controladas socorriam, vi Carmem contida por cinco ou seis comadres. A mulher ferida gritava: "Preciso me confessar! Estou morta!". Carmem não dizia nada. Cerrava os dentes e rolava os olhos como um camaleão. "O que houve?", perguntei. Custei a entender o que se passara, pois todas as operárias falavam ao mesmo tempo. Parecia que a mulher ferida se vangloriara de ter suficiente dinheiro no bolso para comprar um burro no mercado de Triana. "Veja só", disse Carmem, que tinha a língua solta, "não obténs o bastante com uma vassoura?" A outra, talvez atingida pela injúria em algum ponto fraco, lhe respondeu que não sabia nada a respeito de vassouras, não tendo a honra de ser cigana nem afilhada de Satan. Mas que a senhorita Carmencita seria logo apresentada a seu burro, quando o corregedor a levasse a passeio seguido por dois lacaios para abanar as moscas. "Pois bem", disse Carmem, "eu te riscarei um bebedouro para moscas no rosto, e nele vou desenhar um tabuleiro."[24] Então, ela – vapt! vupt! – com a faca com a qual cortava a ponta dos charutos, desenhou cruzes de Santo André em seu rosto.

O caso era claro. Tomei Carmem pelo braço:
– Minha irmã – disse-lhe polidamente –, é necessário que me siga.

Olhou-me como se me reconhecesse e disse com um ar resignado:
– Vamos. Onde está minha mantilha?

Ela a colocou sobre a cabeça de modo a deixar à vista apenas um de seus grandes olhos, e acompanhou meus dois homens, doce como um carneirinho. Chegando ao corpo de guarda, o sargento de cavalaria disse que o caso era grave, sendo necessário conduzi-la à prisão. E eu deveria conduzi-la. Coloquei-a entre dois dragões e os acompanhei como um cabo deve fazer em semelhante situação. Marchamos em direção à cidade. De início, a cigana ficou em silêncio, mas, na rua da Serpente – o senhor a conhece, merece este nome pelos volteios que faz –, ela começou por deixar a mantilha cair sobre seus ombros a fim de

---

24. Pintar um *javeque*, pintar um xaveco. Os xavecos [Navio morisco, de formas finas, muito usado na pirataria.(N.T.)] espanhóis têm, na sua maioria, seu costado pintado com quadrados vermelhos e brancos.

me mostrar seu rostinho sedutor, e, virando-se na minha direção tanto quanto podia, disse:

– Meu oficial, aonde está me levando?

– À prisão, minha pobre criança – lhe respondi o mais docemente que pude, como um bom soldado deve falar com um prisioneiro, sobretudo tratando-se de uma mulher.

– Ai de mim! O que acontecerá comigo? Senhor oficial, tenha piedade de mim. É tão jovem, tão amável!... – E, num tom mais baixo: – Deixe-me escapar – disse ela –, eu lhe darei um pedaço do *bar lachi*, que fará com que atraia todas as mulheres.

A *bar lachi*, senhor, é a pedra-ímã com a qual os ciganos afirmam que possamos fazer muitos sortilégios caso saibamos usá-la. Faça com que uma mulher beba uma pitada num cálice de vinho branco e ela não resistirá mais. Respondi o mais sério que me foi possível:

– Não estamos aqui para dizer bobagens; é preciso irmos à prisão. É a ordem e não há remédio.

Nós, do país basco, temos um sotaque que nos torna facilmente distintos dos espanhóis. Por outro lado, não existe um só deles que seja capaz de dizer *bai, jaona*[25]. Carmem não teve dificuldade em reconhecer que eu vinha das províncias. O senhor

---

25. Sim, Senhor.

sabe que os ciganos, não sendo de nenhum país, viajam sempre, falam todas as línguas, e a maior parte deles sente-se em casa em Portugal, na França, nas províncias, na Catalunha, por toda parte. Mesmo com os maures e os ingleses eles se fazem entender. Carmem sabia o basco bastante bem.

– *Laguna ene bihotsarena*, camarada de meu coração – me disse subitamente. – Você é meu compatriota?

Nossa língua, senhor, é tão bela que, se a ouvimos num país estrangeiro, sofremos um sobressalto...

– Gostaria de ter um confessor das províncias – acrescentou em voz mais baixa o bandido.

Retomou após um silêncio:

– Eu sou de Elizondo – eu lhe disse em basco, emocionado por ouvir minha língua.

– Eu sou de Etchalar – disse ela. (É um país a quatro horas do meu.) – Fui levada por ciganos a Sevilha. Trabalhei numa manufatura para ganhar com o que retornar a Navarra, para junto de minha pobre mãe, que não tem senão a mim para sustentá-la e um pequeno *barratcea*[26] com vinte macieiras. Ah! Se eu estivesse na minha terra diante da montanha branca! Insultaram-me porque não sou deste país de ladrões, mercadores de laranjas podres; e esses tratantes se voltaram contra mim

---

26. Quintal, jardim.

porque eu lhes disse que todos os seus *jacques*[27] de Sevilha, com suas facas, não meteriam medo a um sujeito de nosso país com sua boina azul e seu *maquila*. Camarada, meu amigo, você não vai fazer nada por uma compatriota?

Ela mentia, senhor. Ela sempre mentiu. Não sei se em toda a vida essa garota disse ao menos uma vez a verdade. Mas, quando falava, eu acreditava nela: era mais forte do que eu. Ela estropiava o basco, e por isso acreditei que fosse de Navarra. Seus olhos, sua boca e sua tez indicavam que era basca. Eu estava louco, não prestava atenção em mais nada. Pensava que, se os espanhóis houvessem falado mal de minha terra, eu lhes cortaria o rosto, como ela havia feito com sua companheira. Em resumo, eu era como um homem embriagado. Comecei a dizer tolices e estava prestes a fazê-las.

– Se eu o empurrasse e se você caísse, meu patrício – repetiu ela em basco –, não seriam estes dois recrutas castelhanos que iriam me deter...

Palavra de honra, esqueci as ordens e tudo o mais, e lhe disse:

– Bem, minha amiga, minha compatriota, tente e que Nossa Senhora da Montanha lhe ajude.

Nesse momento passávamos diante de uma dessas ruelas estreitas como tantas que existem em Sevilha. Súbito, Carmem se voltou e me deu um

---

27. Valentões, fanfarrões.

golpe com o punho em meu peito. Eu me deixei cair de costas. Com um pulo, ela saltou por cima de mim e disparou a correr mostrando-nos um belo par de pernas!...

Falam das pernas de basco: as dela valiam o ditado... tão rápidas quanto bem torneadas. Ergui-me rapidamente, mas de tal modo coloquei minha lança[28] atravessada na rua, que de início meus camaradas foram impedidos de continuar a perseguição. Depois, eu mesmo disparei a correr, e eles junto comigo. Mas repare! Não havia risco, com nossas esporas, nossos sabres e nossas lanças! Em menos tempo do que eu gasto para contar este caso ao senhor, a prisioneira havia desaparecido. Além disso, todas as comadres do quarteirão a auxiliaram na fuga, e riam de nós, indicando a direção errada. Depois de várias marchas e contra marchas, tivemos de retornar ao corpo da guarda sem o recibo do governador da prisão.

Meus homens, para não serem punidos, disseram que Carmem havia conversado comigo em basco – e não parecia muito natural, para dizer a verdade, que um soco de uma garota colocasse tão facilmente por terra um sujeito com a minha força. Tudo isso pareceu suspeito, ou melhor, evidente. Saindo da guarda, fui destituído e encarcerado por um mês. Era minha primeira punição desde que

---

28. Toda a cavalaria espanhola usa lanças como armas.

estava em serviço. Adeus aos galões de sargento de cavalaria que eu acreditava já serem meus.

Os primeiros dias de prisão foram de grande tristeza. Tornando-me soldado, imaginei que chegaria ao menos a oficial. Longa, Mina, meus compatriotas, são capitães generais. Chapalangarra, negro como Mina, está refugiado como ele em seu país. Chapalangarra era coronel e joguei a pela muitas vezes com seu irmão, que era um pobre-diabo como eu. Agora, eu me dizia: "O tempo que servistes sem punição é um tempo perdido. Agora és malvisto: para subires no conceito de teus superiores terás de trabalhar o dobro do que seria preciso desde que entraste como recruta! E por que corri o risco de ser punido? Por uma cigana espevitada que abusou de mim e que, neste momento, está roubando em algum canto desta cidade". Ocorre que eu não conseguia deixar de pensar nela. O senhor acredita? Eu ainda tinha diante de meus olhos suas meias de seda furadas que ela deixou à mostra quando fugiu. Olhava a rua através das grades da prisão e, entre as mulheres que passavam, não via nem uma só que valesse aquela garota. Depois, embora não quisesse, eu sentia o cheiro da flor de cássia que ela havia me jogado e que, seca, guardava ainda seu delicioso perfume... Se existem bruxas, essa garota era uma delas.

Um dia, o carcereiro entrou e me deu um pão de Alcalá.[29]

– Tome – disse ele –, eis o que sua prima lhe enviou.

Surpreso, já que não tinha primos em Sevilha, apanhei o pão. Deve ser um engano, pensei, olhando para o pão. Mas ele parecia tão apetitoso, cheirava tão bem que, sem me preocupar de onde vinha e a quem era destinado, resolvi comê-lo. Ao cortá-lo, minha faca esbarrou em alguma coisa dura.

Olhei e lá estava uma pequena lima inglesa que havia sido introduzida na massa antes de ser cozida. Dentro do pão havia também uma moeda de ouro de duas piastras. Já não restavam dúvidas, era um presente de Carmem. Para as pessoas de sua raça, a liberdade é tudo, e seriam capazes de tocar fogo na cidade para livrar-se de um dia de prisão. Ademais, a comadre era refinada e com aquele pão nós debochávamos do carcereiro. Em uma hora a mais grossa grade estaria serrada com a pequena lima e, com a moeda de duas piastras, no primeiro antiquário eu trocaria minha túnica do uniforme por um traje civil. O senhor pode imaginar que para um homem que havia muitas vezes

---

29. *Alcalá de los Panaderos* [Alcalá dos Padeiros], burgo a duas léguas de Sevilha, onde se faz pãezinhos deliciosos. Acredita-se que a sua qualidade deva ser atribuída à água de Alcalá e são trazidos todos os dias em grandes quantidades para Sevilha.

retirado filhotes de águia de ninhos em rochedos não seria difícil descer para a rua a partir de uma janela que estava a uma altura de trinta pés. Mas eu não queria fugir. Guardava ainda minha honra de soldado e desertar me parecia um grande crime. Fiquei apenas tocado por essa prova de lembrança. Quando se está na prisão, gostamos de pensar que lá fora temos amigos que se interessam por nós. A moeda de ouro me ofuscava um pouco, gostaria de devolvê-la. Mas onde encontrar meu credor? Não me parecia fácil.

Depois da cerimônia de degradação, acreditava não ter mais nada a sofrer. Mas me restava ainda uma humilhação a suportar: foi quando saí da prisão e fui colocado de guarda como um simples soldado. Não se pode imaginar o que um homem de bem sente em tal situação. Acho que ser fuzilado seria o mesmo para mim. Ao menos se anda sozinho, adiante de seu pelotão. Sentimo-nos alguém, o mundo nos olha.

Fui colocado de guarda na porta do coronel. Era um jovem rico, um tanto ingênuo, que adorava divertir-se. Todos os jovens oficiais, e mesmo alguns civis, frequentavam sua casa, inclusive mulheres, atrizes, segundo se dizia. Para mim, parecia que toda a cidade resolvera visitá-lo para me observar. Eis que chega o carro do coronel com seu criado na boleia. Quem vi descer?... a ciganinha.

Estava enfeitada, dessa vez, como um relicário, embonecada, espalhafatosa, cheia de ouro e adereços. Um vestido com lantejoulas, sapatos azuis também com lantejoulas, com flores e fitas por toda parte. Trazia um pandeiro nas mãos. Junto, duas outras ciganas, uma jovem e outra velha. Há sempre uma velha para as acompanhar. Depois, um velho com uma guitarra, cigano também, para tocar e fazê-los dançar. O senhor sabe que a gente se diverte muito trazendo ciganos nas reuniões, a fim de fazê-los dançar a *romalis*, uma dança deles, e com frequência outras coisas.

Carmem me reconheceu e trocamos olhares. Sei lá, naquele momento gostaria de estar cem pés abaixo da terra.

– *Agur laguna*[30] – disse ela. – Meu oficial, estás de guarda como um recruta!

E, antes que eu encontrasse uma palavra como resposta, ela já estava dentro da casa.

Todos estavam no pátio e, apesar da multidão, eu via tudo o que se passava através das grades.[31] Escutava as castanholas, o pandeiro, os risos e os bravos. Às vezes via sua cabeça quando

---

30. Bom dia, camarada.
31. A maior parte das casas de Sevilha tem um pátio interno rodeado por pórticos. É onde se fica no verão. Esse pátio é coberto por um toldo, que é umedecido durante o dia e retirado à noite. A porta da rua está quase sempre aberta, e a passagem que conduz ao pátio, *zaguan*, é fechada por uma grade de ferro elegantemente construída.

ela saltava com seu pandeiro. Depois escutava os oficiais dizerem coisas que faziam com que meu rosto ficasse vermelho. Como respondia, não sei. Foi a partir desse dia que eu comecei a amá-la para valer, pois me ocorreu três ou quatro vezes a ideia de entrar no pátio e enfiar meu sabre na barriga de todos aqueles almofadinhas que a cortejavam. Meu suplício durou cerca de uma hora. Depois, os ciganos saíram e o carro os levou embora. Carmem, ao passar por mim, olhou-me com aqueles olhos que o senhor conhece, e me disse em voz muito baixa:

– Patrício, quando gostamos de uma boa fritura, vamos comer à Triana, no Lillas Pastia.

Ágil como um cabrito, subiu no veículo. O cocheiro fustigou suas mulas e toda a tropa festiva se foi para não sei onde.

O senhor estará certo se pensar que, deixando a guarda, me dirigi a Triana. Antes me barbeei e escovei como para um dia de parada. Ela estava na casa de Lillas Pastia, um velho vendedor de frituras, cigano, negro como um mouro, onde muitos civis vinham comer peixe frito, sobretudo, creio eu, desde que Carmem resolvera aí marcar ponto.

– Lillas – disse ela assim que me viu –, hoje não faço mais nada. Amanhã será outro dia![32] Vamos, patrício, vamos passear!

---

32. *Mañana será otro día* – provérbio espanhol.

Ela cobriu o nariz com a mantilha e logo estávamos na rua, eu sem saber aonde iria.

– Senhorita – eu disse –, creio que devo agradecer pelo presente que me enviou quando estava na prisão. Comi o pão, e, a lima, que guardo como uma lembrança sua, me servirá para afiar minha lança. Mas o dinheiro está aqui.

– Veja só! Ele guardou o dinheiro! – gritou, explodindo numa risada. – Tanto melhor, estou sem grana. Mas que importa? Cão que caminha não morre de fome.[33] Vamos comer tudo isso. Tu pagas.

Havíamos retomado o caminho de Sevilha. À entrada da rua da Serpente, ela comprou uma dúzia de laranjas, que me fez embrulhar no meu lenço. Mais adiante, comprou pão, salsichão, uma garrafa de *manzanilla*.[34] Finalmente, entrou numa confeitaria. Lá, jogou sobre o balcão a moeda de ouro que eu lhe devolvera, outra que trazia no bolso, algumas moedas de prata. Enfim, me pediu tudo o que eu tinha. Trazia comigo apenas uma peseta e alguns trocados, que lhe entreguei, muito envergonhado por não dispor de mais. Imaginei que ela iria comprar toda a loja. Ela comprou tudo o que havia de mais belo e caro, *yemas*[35], *turon*[36], frutas

---

33. *Chuquel sos pirela / Cocal Jerela*. Provérbio cigano: "Cão que caminha acha osso".
34. Vinho branco de Sanlúcar de Barrameda e de outros lugares de Andaluzia. (N.T.)
35. Gemas de ovos açucaradas.
36. Espécie de nogado. [Doce de nozes ou de amêndoas, misturados com caramelo ou mel. (N.T.)]

confeitadas, até o dinheiro acabar. Fui obrigado a carregar tudo isso num saco de papel. O senhor talvez conheça a rua do Cadilejo, na qual há uma cabeça do rei Dom Pedro, o Justiceiro.[37] Ele bem que poderia ter me inspirado algumas reflexões. Paramos nessa rua, diante de uma casa velha. Ela entrou na alameda e bateu no andar térreo. Uma cigana, verdadeira serva de Satan, veio atender.

---

37. O rei Dom Pedro, que nós chamamos o Cruel, e que a rainha Isabela, a Católica, chamava de o Justiceiro, adorava caminhar à noite pelas ruas de Sevilha, procurando aventuras como o califa Haroûn-Raschid. Certa noite ele entrou numa discussão com um homem que fazia uma serenata. Houve luta e o rei matou o cavaleiro apaixonado. Com o barulho das espadas, uma mulher idosa colocou a cabeça na janela e iluminou a cena com uma pequena lâmpada, *candilejo*, que segurava nas mãos. É preciso dizer que o rei Dom Pedro, embora ágil e vigoroso, tinha um singular defeito de conformação. Ao andar, suas rótulas estalavam fortemente. A velha, ouvindo os estalidos, não teve dificuldade em reconhecê-lo. No dia seguinte, o Vinte-e-quatro de serviço veio apresentar seu relato ao rei. "Senhor, nesta noite bateram-se em duelo na rua tal. Um dos combatentes está morto. – Descobriu o assassino? – Sim, Senhor. – Por que ele ainda não foi punido? – Aguardo suas ordens, Senhor. – Execute a lei." Ora, o rei acabara de publicar um decreto segundo o qual todo duelista seria decapitado e sua cabeça ficaria exposta no local do combate. O Vinte-e-quatro se saiu da confusão como um homem inteligente. Serrou a cabeça de uma estátua do rei e a expôs num nicho no meio da rua, local do assassinato. O rei e todos os sevilhanos julgaram uma ótima saída. A rua tirou seu nome da lâmpada da velha, única testemunha do fato. – Eis a tradição popular. Zuñiga conta esta história de um modo um pouco diferente. (Ver Anais de Sevilha, t. II, p. 136.) Seja como for, ainda existe em Sevilha uma rua do Candilejo e nela um busto de pedra que se diz ser o retrato de Dom Pedro. Infelizmente, esse busto é moderno. O antigo estava muito desgastado no século XVII e a municipalidade da época mandou trocá-lo por esse que vemos hoje.

Carmem lhe disse algumas palavras em *romani*. De início, a velha resmungou. Para acalmá-la, Carmem lhe deu duas laranjas e a mão cheia de bombons, e permitiu que experimentasse o vinho. Depois, colocou sua manta em seus ombros e a conduziu à porta, que fechou com uma tranca de madeira. Assim que ficamos a sós, ela começou a rir como uma louca, cantando:

– Tu és meu *rom*, eu sou tua *romi*.[38]

Eu estava no meio do quarto, carregado com todas aquelas compras, não sabendo onde colocá-las. Ela jogou-as ao chão e saltou em meu pescoço, dizendo:

– Eu pago minhas dívidas, eu pago minhas dívidas! É a lei de Calés![39]

Ah, senhor, aquele dia! Aquele dia!... Quando penso nele, me esqueço do dia de amanhã.

O bandido calou-se por um instante. Depois, após acender seu charuto, continuou:

Passamos juntos todo o dia, comendo, bebendo, e o resto. Após comer bombons como uma criança de seis anos, enfiou um punhado deles no jarro de água da velha. "É para fazer sorvete para ela", dizia. Esmagava as *yemas*, jogando-as contra a parede. "É para que as moscas nos deixem tranquilos", dizia... Não houve micagem ou brincadeira

---

38. *Rom*, marido; *romi*, esposa.
39. *Calo*, feminino, *calli*; plural, *calé*. Literalmente: negro – palavra pela qual os ciganos se referem a si mesmos em sua língua.

que não fizesse. Eu lhe disse que queria vê-la dançar; mas onde encontrar castanholas? De imediato ela pegou o único prato da velha e o quebrou em pedaços. E eis que dançava a *romalis* fazendo estalar pedaços de faiança como se dispusesse de castanholas de ébano ou marfim. Eu lhe digo que era impossível se entediar ao lado daquela garota. A noite chegou e escutei os tambores soando o toque de recolher.

– Preciso ir ao quartel para a chamada – eu disse.

– Ao quartel? – fez ela, com um ar de desprezo. – Tu és por acaso um negro para seres conduzido a chibatadas? És um verdadeiro canário, tanto pelo vestuário quanto pelo caráter.[40] Vai, tens um coração de frango.

Fiquei, aceitando antecipadamente o calabouço. Pela manhã, ela foi a primeira a falar em nos separarmos.

– Escute, Joselito – disse ela –, já te paguei? Segundo nossa lei, não te devia nada, pois és um *payllo*. Mas és um belo rapaz e és de meu agrado. Estamos quites. Bom dia.

Perguntei quando tornaria a vê-la.

– Quando fores menos ingênuo – respondeu, rindo. Depois, num tom mais sério: – Sabes, meu filho, que eu creio que te amo um pouco? Mas isso não pode durar. Cão e lobo não formam uma boa

---

40. Os dragões espanhóis usam uniformes amarelos.

dupla por muito tempo. Talvez, caso adotasses a lei do Egito, eu gostasse de me tornar tua *romi*. Ora, tudo isso são bobagens: não pode ser. Ah, meu rapaz, creia em mim, saiu barato para ti. Encontraste o diabo, sim, o diabo. Nem sempre é negro e ele não te torceu o pescoço. Uso roupas de lã, mas não sou um carneiro.[41] Acende um círio para tua *majarí*[42]; ela merece. Mais uma vez adeus. Não penses mais na Carmencita ou ela te fará casar com uma viúva com pernas de pau.[43]

Dizendo isso, retirou a barra que fechava a porta e, já na rua, embrulhou-se em sua mantilha e deu nos calcanhares.

Falava a verdade. Eu teria sido sábio se nunca mais pensasse nela. Mas, depois daquele dia na rua do Candilejo, eu não conseguia sonhar com outra coisa. Caminhava o dia inteiro esperando reencontrá-la. Perguntava sobre novidades à velha e ao vendedor de frituras. Ambos respondiam que ela havia partido para Laloro[44], que é como chamavam Portugal. Provavelmente seguiam instruções de Carmem e não tardei a descobrir que mentiam. Algumas semanas após aquele dia memorável na rua do Candilejo, fui montar guarda numa das portas da cidade. Pouco distante dessa porta havia uma aber-

---

41. *Me dicas vriardâ de jorpoy, bus ne sino braco.* – provérbio cigano.
42. A santa. A Virgem Santa.
43. A forca, que é viúva do último enforcado.
44. A (terra) vermelha.

tura que fora feita na muralha. Nela trabalhavam ao longo do dia, e, à noite, fazíamos a guarda para impedir a entrada de contrabandistas. Durante o dia, vi Lillas Pastia passar e repassar perto do corpo de guarda – conversava com alguns de meus camaradas, pois todos o conheciam e a seus peixes e seus pastéis ainda mais. Ele se aproximou de mim e me perguntou se eu tinha notícias de Carmem.

– Não – respondi.

– Bom, vai ter, compadre.

Não estava enganado. À noite fui colocado de guarda na abertura. Assim que o general de brigada se retirou, vi se aproximar uma mulher. O coração me dizia que era Carmem. Gritei:

– Pare! É proibido passar!

– Não banque o malvado – disse ela, fazendo com que a reconhecesse.

– Como! És tu, Carmem!

– Sim, patrício. Falemos pouco e claro. Desejas ganhar um duro?[45] Vão chegar pessoas com pacotes. Deixa que passem.

– Não – respondi. – Devo impedir que passem, é a ordem.

– A ordem! A ordem! Não pensavas nela na rua do Candilejo.

– Ah – respondi, inteiramente transtornado por aquela simples lembrança, por ela valeria a

---

45. Moeda espanhola, de prata, valendo cinco pesetas. (N.T.)

pena esquecer a ordem. – Mas eu não quero o dinheiro dos contrabandistas.

– Vejamos. Se não queres o dinheiro, queres que a gente vá jantar na casa da velha Doroteia?

– Não! – disse, quase estrangulado pelo esforço que fazia. – Não posso.

– Muito bem. Se tu és difícil, sei a quem me dirigir. Convidarei teu oficial a ir à casa de Doroteia. Tem jeito de ser um bom menino, e ele colocará como sentinela um espertinho que não verá senão o que é preciso ver. Adeus, canário. Darei boas risadas no dia em que a ordem for de te enforcar.

Tive a fraqueza de chamá-la e prometi deixar passar todos os ciganos, se fosse necessário, desde que eu tivesse a recompensa que desejava. Ela jurou de pronto que falaria comigo pela manhã e foi avisar a seus amigos que estavam a dois passos. Eram cinco, entre eles Pastia, todos carregados com mercadorias inglesas. Carmem ficaria vigiando. Avisaria, com suas castanholas, caso visse a ronda, mas não foi necessário. Os contrabandistas concluíram sua tarefa em um instante.

Na manhã seguinte, fui à rua do Candilejo. Carmem veio atender com extremo mau humor.

– Não gosto de pessoas que se fazem de rogadas – disse ela. – Me deste uma ajuda maior na primeira vez, sem saber se ganharias alguma coisa.

Ontem, negociaste comigo. Não sei por que eu vim, pois já não te amo. Toma, vai embora. Eis um duro por teu trabalho.

Faltou pouco para que eu atirasse a moeda em sua cabeça e fui obrigado a fazer um esforço violento para não lhe dar uma surra. Após discutirmos durante uma hora, saí furioso. Vaguei por um tempo pela cidade, andando de um lado a outro, como um louco. Acabei numa igreja e, escondendo-me num dos cantos mais escuros, chorei amargamente. Súbito, ouvi uma voz:

– Lágrimas de dragão! Delas quero fazer um filtro.

Ergui os olhos. Era Carmem que estava à minha frente.

– Bem, meu patrício, ainda me quer? Devo te amar muito, pois, desde que me deixaste, não sei o que se passa comigo. Agora sou eu quem pergunta se queres vir comigo à rua do Candilejo.

Fizemos as pazes. Mas Carmem tinha um humor instável como o tempo que faz em nosso país. A tempestade está mais próxima, em nossas montanhas, quando o sol está mais brilhante. Ela me prometeu reencontrar-se comigo na casa de Doroteia, mas não veio. E Doroteia me disse que ela havia ido a Laloro para os negócios do Egito.

Sabendo, por experiência própria, o que fazer, procurei Carmem por toda parte onde imaginei que poderia estar e passei vinte vezes por dia pela rua do Candilejo. Uma noite eu estava em casa de Doroteia, que eu quase amansara pagando-lhe vez por outra um copo de anisete, quando Carmem entrou seguida por um jovem tenente de nosso regimento.

– Caia fora, rápido – me disse ela em basco.

Fiquei estupefato, com o coração cheio de cólera.

– Que faz aqui? – me perguntou o tenente. – Levante acampamento, fora daqui!

Eu não conseguia dar um passo. Parecia paralítico. O oficial, colérico, vendo que eu não me retirava – e não havia nem mesmo retirado meu gorro de polícia –, pegou-me pelo colete e me sacudiu com violência. Não sei o que eu lhe disse. Ele sacou a espada e eu desembainhei a minha. A velha segurou meu braço e o tenente me deu um golpe na testa, cuja marca trago comigo até hoje. Recuei e, com uma cotovelada, joguei Doroteia de costas. Depois, como o tenente me atacasse, enfiei a ponta da espada em seu corpo, que foi atravessado por ela. Carmem apagou a lâmpada e disse em sua língua para que Doroteia fugisse. Eu me refugiei na rua e comecei a correr sem saber para onde. Tive a impressão de que alguém me seguia. Quando voltei a mim, descobri que Carmem não me abandonara.

– Grande canário tolo! – me disse –, só sabes fazer besteiras. Além disso, eu adverti que só te traria azar. Vamos, há remédio para tudo quando temos por amiga uma flamenga de Roma.[46] Comece por colocar este lenço na cabeça e me dê este cinturão. Espere por mim nesta alameda. Voltarei dentro de dois minutos.

Ela desapareceu e trouxe um casaco listrado que foi buscar não sei onde. Fez com que eu despisse meu uniforme e vestisse o casaco por cima de minha camisa. Assim disfarçado, com o lenço com o qual ela havia enfaixado o ferimento que tinha na testa, eu parecia mesmo um civil valenciano, tal como existem em Sevilha, desses que vêm vender refresco de *chufas*.[47] Depois ela me levou a uma casa muito semelhante à de Doroteia, ao final de uma ruazinha. Ela e uma outra cigana me lavaram, me medicaram melhor do que faria um cirurgião-mor, me fizeram beber não sei o quê. Por fim, me colocaram sobre um colchão e eu dormi.

Provavelmente essas mulheres haviam misturado em minha bebida algumas de suas drogas entorpecentes das quais guardam o segredo, pois não me acordei senão muito tarde na manhã se-

---

46. *Flamenca de Roma*. Gíria que designa os ciganos. Roma não quer dizer aqui a Cidade Eterna, mas a nação dos *Romi* ou das *pessoas casadas*, nome que dão a si mesmos os ciganos. Os primeiros que foram vistos na Espanha vieram provavelmente dos Países Baixos, de onde derivou a designação de *Flamengos*.
47. Raiz bulbosa da qual se faz uma bebida bastante agradável.

guinte. Estava com uma forte dor de cabeça e um pouco de febre. Foi necessário um certo tempo para que voltasse à lembrança a cena terrível da qual eu tomara parte no dia anterior. Após enfaixar minha ferida, Carmem e sua amiga, agachadas ao lado de meu colchão, trocaram algumas palavras em *chipe calli* que pareciam fazer parte de uma consulta médica. Depois, ambas asseguraram que eu estaria curado em pouco tempo, mas que era preciso deixar Sevilha o mais cedo possível, porque, se me pegassem ali, eu seria fuzilado sem perdão.

– Meu garoto – me disse Carmem –, é preciso que faças alguma coisa: agora que o rei não te dará nem arroz nem bacalhau.[48] É preciso que penses em como ganhar tua vida. Tu és demasiado bobo para roubar à moda *pastesas*[49], mas és ágil e forte: se tens coragem, vai ao litoral e vira contrabandista. Não prometi que te faria enforcar? É melhor do que ser fuzilado. Ademais, se te saíres bem, viverás como um príncipe, tanto tempo quanto os *miñons*[50], se os guarda-costas não colocarem as mãos no teu cangote.

Foi dessa maneira sedutora que aquele diabo de mulher mostrou a nova carreira destinada a mim, a única, para dizer a verdade, que me restava,

---

48. Alimentação usual do soldado espanhol.
49. *Ustilar à pastesas*, roubar com habilidade, furtar sem violência.
50. Espécie de corporação livre.

agora que estava passível de pena de morte. Como explicar, senhor? Ela decidiu por mim sem o menor constrangimento. Parecia que através dessa vida de aventuras e rebelião eu me uniria a ela mais intimamente. A partir de então, acreditava que garantiria seu amor. Eu havia ouvido falar com frequência de contrabandistas que percorriam Andaluzia, montados num bom cavalo, o bacamarte nas mãos, a amante na garupa. Podia me imaginar cavalgando pelos montes e vales com a bela cigana junto a mim. Quando lhe falei dessas coisas, ela riu com espalhafato, e me disse que não há nada mais belo do que uma noite passada num acampamento, quando cada *rom* se retira com sua *romi* para a pequena tenda formada por três arcos e uma cobertura.

– Se estiveres comigo na montanha – eu disse –, não terei dúvidas a teu respeito. Lá não há nenhum tenente que te divida comigo.

– Ah, tu és ciumento – respondeu. – Azar teu. Como podes ser tolo a esse ponto? Não vês que te amo, já que nunca te pedi dinheiro?

Assim que partiu tive ganas de estrangulá-la.

Para resumir a história, senhor, Carmem conseguiu um traje civil para mim, com o qual saí de Sevilha sem ser reconhecido. Iria a Jerez com uma carta de Pastia endereçada a um vendedor de anisete em cuja casa se reuniam os contrabandistas.

Fui apresentado a esses tipos, cujo chefe, chamado Dancaire, me recebeu em seu grupo. Partimos para Gaucin, onde reencontrei Carmem, que aí estava à minha espera. Nas expedições, ela atuava como espiã, e seria difícil encontrar alguém melhor do que ela. Retornava de Gibraltar e já havia acertado com um capitão de navio o embarque de mercadorias inglesas que iríamos receber no litoral. Fomos esperá-las perto de Estepona, depois esconderemos parte delas na montanha. Carregados com o que restava, partimos para Ronda. Carmem partira antes. Foi ela que nos indicou o momento de entrarmos na cidade. Essa primeira viagem e algumas outras que vieram a seguir foram bem-sucedidas. A vida de contrabandista me agradava mais do que a vida de soldado. Eu dava presentes para Carmem. Tinha dinheiro e uma amante. Já não sentia remorsos, pois, como dizem os ciganos: "Sarna com prazer não coça".[51] Éramos bem-recebidos em todos os lugares, meus companheiros me tratavam bem e até me davam mostras de consideração. A razão era que eu havia matado um homem e entre eles havia alguns que não carregavam semelhante façanha na consciência. Mas o que mais me encantava em minha nova vida era estar com Carmem constantemente. Ela me expressava mais amizade do que nunca. Entretanto, diante

---

51. *Sarapia sat pesquital ne punzava*. Provérbio cigano.

de meus camaradas, não convinha tratá-la como minha amante, e ela me fez jurar, por meio de todo tipo de juramentos, de nada lhes falar a seu respeito. Eu era tão fraco diante dessa criatura que obedeci a todos os seus caprichos. Ademais, era a primeira vez que ela se apresentava a mim com as reservas de uma mulher honesta, e eu era bastante simplório para acreditar que ela havia se corrigido de seus comportamentos anteriores.

Nossa tropa, composta de oito ou dez homens, se reunia apenas nos momentos decisivos e, normalmente, estávamos dispersos em grupos de dois ou três, nas cidades e aldeias. Cada um de nós fazia de conta que tinha um ofício. Este fazia caldeiras, aquele era alquilador. Eu era comerciante de armarinhos, mas cuidava para não aparecer em lugares movimentados por causa dos acontecimentos de Sevilha. Um dia, ou melhor, uma noite, tínhamos um encontro no baixo Véger. Dancaire e eu aí chegamos antes dos outros. Ele parecia muito alegre.

– Teremos um novo camarada – me disse ele. – Carmem acaba de fazer uma de suas melhores expedições. Conseguiu dar fuga a seu *rom* que estava no presídio de Tarifa.

Eu começava a entender a língua cigana, falada por quase todos meus camaradas, e esta palavra, *rom*, me causou um choque.

– Como? Seu marido? Então ela é casada? – perguntei ao capitão.

– Claro – respondeu ele. – Com Garcia, o Caolho, um cigano tão astuto quanto ela. O pobre-diabo estava nas galés. Carmem envolveu de tal forma o cirurgião do presídio que obteve a liberdade de seu *rom*. Ah! Essa garota vale seu peso em ouro. Há dois anos ela luta para conseguir essa fuga. Não teve êxito até agora, quando foi substituído o major. Com este parece que ela encontrou rapidamente o modo de se entender.

Imagine a alegria que me causou essa notícia. Logo estava diante de Garcia, o Caolho, que era o monstro mais vil que a nação cigana já produzira. Negro de pele e mais negro ainda de alma, o pior bastardo que encontrei na vida. Carmem chegou junto com ele e, quando o chamou de *rom* em minha frente, seria preciso observar os olhares que fez, e seus trejeitos, quando Garcia virou a cabeça. Eu estava indignado e não falei com ela naquela noite. Pela manhã, havíamos feito nossas bagagens e já estávamos a caminho quando percebemos que uma dúzia de cavaleiros estava em nosso encalço. Os fanfarrões andaluzes, que alardeavam tudo massacrar, fizeram um papel lamentável. Foi um salve-se-quem-puder geral. O Dancaire, Garcia, um belo rapaz de Ecija, que se chamava o Remendado, e Carmem não perderam a cabeça. O resto abandonou as mulas e se jogou nos barrancos, onde os cavalos não podiam segui-los. Não podíamos conservar nossos animais e tratamos de soltar o melhor de nossas presas, e de carregá-las em nossos ombros. Depois tentamos nos salvar através dos rochedos por meio das escarpas mais íngremes. Jogamos nossos fardos e os seguimos do melhor modo, deslizando sobre os calcanhares. Enquanto isso, o inimigo disparava. Era a primeira vez que escutava silvarem as balas, o que não me causou grande impacto. Quando estamos de olho numa mulher, não há mérito em fazer pouco-caso da morte. Escapamos, exceto o pobre Remendado, que recebeu uma carga de chumbo nos rins. Joguei meu fardo e tentei carregá-lo.

– Imbecil! – Garcia gritou comigo. – Que podemos fazer com uma carniça? Acaba com ele e não esqueças de pegar as meias de algodão.

– Larga-o! Larga-o! – Carmem gritou.

O cansaço me obrigou a colocá-lo, por um momento, ao abrigo de um rochedo. Garcia avançou e descarregou-lhe o bacamarte na testa.

– Precisarão de muita astúcia para reconhecê-lo agora – disse ele, olhando o rosto esmigalhado por uma dúzia de balas.

Eis, senhor, a bela vida em que me metera. À noite, nos encontramos num matagal, esgotados pelo cansaço, sem nada para comer e arruinados pela perda de nossas mulas. E o que fez esse infernal Garcia? Tirou um maço de cartas do bolso e ficou a jogar com Dancaire à luz de um fogo que os iluminava. Enquanto isso, olhava as estrelas, pensando no Remendado, e dizia a mim mesmo que preferia estar em seu lugar. Carmem estava acocorada perto de mim e de tempos em tempos fazia soar as castanholas e cantarolava. Depois, aproximando-se como para me falar junto aos ouvidos, me abraçou, quase contra minha vontade, duas ou três vezes.

– Tu és o diabo – eu lhe disse.

– Sim – ela respondeu.

Após algumas horas de repouso, ela foi para Gaucin e, na manhã seguinte, um pequeno pastor de cabras veio nos trazer pão. Aguardamos o dia inteiro e, à noite, nos reaproximamos de Gaucin. Esperávamos notícias de Carmem. Nada. Já era dia claro quando vimos um almocreve que conduzia uma mulher bem-vestida, com um guarda-sol e uma menina que parecia ser sua empregada. Garcia nos disse:

– Eis duas mulas e duas mulheres que São Nicolas nos envia. Preferiria quatro mulas, mas não importa, farei minha parte!

Pegou seu bacamarte e desceu em direção ao caminho, escondendo-se nos espinheiros. Nós o seguimos de perto, Dancaire e eu. Quando estavam a nosso alcance, aparecemos e gritamos ao condutor de mulas para que parasse. A mulher, ao ver-nos, em vez de assustar-se – e nossa aparência bastaria para tanto –, deu uma gargalhada.

– Ah! Os *lillipendi* que me tomam por uma *erani*.⁵²

Era Carmem, mas tão bem disfarçada que eu não poderia reconhecê-la caso falasse outra língua. Desceu da mula e conversou por alguns instantes, em voz baixa, com Dancaire e Garcia, depois me disse:

– Canarinho, a gente se reencontra antes que tu sejas enforcado. Vou a Gibraltar para os negócios do Egito. Em breve escutarás falar de mim.

Nos separamos após ela nos indicar um lugar onde poderíamos encontrar um abrigo por alguns dias. Essa garota era a providência de nossa tropa. Recebemos pouco depois algum dinheiro que nos enviou junto com um aviso ainda mais valioso: em tal dia partiriam dois ricaços ingleses, que iriam de Gibraltar a Granada por determinado caminho. A bom entendedor, meia palavra. Eles tinham belos e bons guinéus. Garcia queria matá-los, mas Dancaire e eu nos opusemos. Tomamos apenas o dinheiro e os relógios, além das camisas, das quais precisávamos muito.

Senhor, a gente se torna um bandido sem perceber. Um bela garota faz com que percamos a

---

52. Os imbecis que me tomam por uma mulher de bem.

cabeça. A gente luta por ela, acontece uma desgraça, é preciso viver na montanha – e de contrabandistas nos tornamos ladrões antes de nos darmos conta. Julgamos que, depois do assalto aos ricaços, os ares de Gibraltar não seriam bons para nós e nos enfurnamos na serra de Ronda.

O senhor me falou de José-Maria. Veja, foi lá que o conheci. Ele levava sua amante nas expedições. Era uma bela garota, sensata, modesta, de boas maneiras, jamais dizia uma palavra despudorada, e era um devotamento... Em contrapartida, ele a tornou bastante infeliz. Estava sempre correndo atrás de todas as garotas, a maltratava, e algumas vezes fazia o papel de ciumento. Certa vez lhe deu uma facada. Bem, mesmo assim ela não deixou de amá-lo. As mulheres são feitas desse jeito, sobretudo as andaluzas. Essa sentia orgulho da cicatriz que trazia no braço e a mostrava como a coisa mais bela do mundo. Além disso, José-Maria era o companheiro mais perverso!... Numa expedição que fizemos, ele se deu tão bem que todo o lucro ficou com ele, restando-nos os golpes e as dificuldades do negócio.

Mas volto à minha história. Não ouvimos mais falar de Carmem. Dancaire disse:

– É preciso que um de nós vá a Gibraltar para saber notícias. Ela deve estar preparando alguma coisa. Eu iria com prazer, mas sou muito conhecido em Gibraltar.

O Caolho disse:

– Eu também sou conhecido em Gibraltar, fiz tantas traquinagens com os camarões[53] e, como tenho um olho só, é difícil me disfarçar.

– É preciso que eu vá? – disse eu por minha vez, encantado com a ideia de rever Carmem. – Vejamos, o que é preciso fazer?

Os outros me disseram:

– Basta que embarques ou passes por São Roque, como achares melhor, e, quando estiveres em Gibraltar, pergunta no porto onde fica uma vendedora de chocolate que se chama Rollona. Quando a encontrares, ela te dirá o que se passa por lá.

Combinamos que os três partiríamos para a serra de Gaucin, depois do que eu deixaria meus dois companheiros e seguiria para Gibraltar como um vendedor de frutas. Em Ronda, um homem que trabalhava para nós me arranjou um passaporte. Em Gaucin, me deram um burro. Carreguei-o com laranjas e melões e iniciei a viagem. Chegando em Gibraltar, descobri que aí conheciam muito bem a Rollona, mas ela estava morta ou havia ido ao *finibus terræ*[54] e seu desaparecimento explicava, creio, como havíamos perdido nosso meio de contato com Carmem.

---

53. Nome que os espanhóis dão aos ingleses por causa da cor de seu uniforme.
54. Às galeras, ou melhor, a todos os diabos.

Deixei meu burro numa estrebaria e, pegando minhas laranjas, andei pela cidade como se quisesse vendê-las, mas, de fato, para verificar se não encontrava alguém conhecido. Lá existem canalhas de todos os países do mundo, e é uma torre de Babel, pois não se pode caminhar dez passos pela rua sem ouvir diversas línguas. Vi pessoas do Egito, mas não ousei confiar nelas – eu os sondei e eles me sondaram. Adivinhamos que éramos pilantras, mas o importante era descobrirmos se éramos do mesmo bando. Depois de dois dias perdidos em caminhadas inúteis, nada havia conseguido a respeito de Rollona ou Carmem. Pensava em retornar para junto de meus companheiros depois de fazer algumas compras, quando, caminhando por uma rua, ao pôr do sol, escutei uma voz de mulher me dizer de uma janela: "Vendedor de laranjas!...". Ergui a cabeça e vi Carmem debruçada num balcão, ao lado de um oficial vestido de vermelho, dragonas de ouro, cabelos encaracolados, porte de um grande ricaço. Ela estava vestida de modo soberbo: um xale sobre os ombros, um pente de ouro, cheia de seda. E, sempre a mesma, ria espalhafatosamente. O inglês, maltratando a língua espanhola, gritou para que subisse, pois a senhora queria laranjas. Carmem me disse, em basco:

– Suba, e não te assustes com nada.

Nada, com efeito, deveria me assustar vindo dela. Nem sei se tive mais prazer do que tristeza ao reencontrá-la. Na porta havia um enorme serviçal inglês, empoado, que me conduziu a um salão magnífico. Carmem apressou-se em me dizer, em basco:

– Tu não sabes uma só palavra em espanhol e não me conheces.

Depois, virando-se para o inglês:

– Eu lhe disse, reconheci de imediato que era um basco. Você verá que língua mais engraçada. Ele tem um ar estúpido, não é? Parece um gato surpreendido num guarda-comida.

– E tu – lhe disse em minha língua – tens o ar de uma patife atrevida, e eu tenho ganas de te riscar o rosto com a navalha, na frente de teu namorado.

– Meu namorado! – disse ela. – Veja, descobriste isso sozinho? E tens ciúmes deste imbecil? Estás ainda mais simplório do que em nossas noites na rua do Candilejo. Não vês, besta que és, que neste momento, e da maneira mais brilhante, estou fazendo os negócios do Egito? Esta casa é minha, os guinéus do camarão serão meus, eu o conduzo pela ponta do nariz. E o levarei a um lugar de onde não sairá jamais.

– E eu, se fazes negócios do Egito desta maneira, farei com que sejam os últimos.

– Ah! naturalmente! És meu *rom* para me dar ordens? O Caolho não se importa, o que tens a ver com isso? Não deverias estar satisfeito de ser o único que poderia se dizer meu *minchorrô*?[55]

– O que ele está dizendo? – perguntou o inglês.

– Diz que tem sede e que aceitaria com prazer um gole – respondeu Carmem.

E ela se jogou sobre um sofá, estourando de tanto rir de sua tradução.

Senhor, quando aquela garota ria não havia meio de ser razoável. Todo mundo ria com ela. O inglês grandalhão começou a rir também, como o imbecil que era, e ordenou que me trouxessem algo para beber.

Enquanto eu bebia:

– Estás vendo esse anel que ele tem no dedo? – perguntou ela. – Se quiseres, poderei te dar.

Respondi:

– Daria um dedo para ter teu ricaço nas montanhas, cada um com uma *maquila* nas mãos.

– *Maquila*? O que isto quer dizer? – perguntou o inglês.

– *Maquila* – disse Carmem rindo – é uma laranja. Não é uma palavra engraçada para uma laranja? Ele diz que gostaria de fazer com que você comesse *maquila*.

– Sim? – disse o inglês. – Bom, traga amanhã as *maquilas*.

---

55. Meu amante, ou melhor, meu capricho.

Enquanto conversávamos, a empregada entrou e disse que o jantar estava pronto. Então o inglês se levantou, me deu uma piastra e ofereceu seu braço a Carmem, como se ela não pudesse andar sozinha. Carmem, sempre rindo, me disse:

– Meu rapaz, não posso te convidar para o jantar. Mas amanhã, assim que ouvires o tambor para o desfile, venha aqui com as laranjas. Encontrarás um quarto mais bem mobiliado que aquele da rua do Candilejo e verás que sou ainda a tua Carmencita. E depois falaremos dos negócios do Egito.

Não respondi nada e já estava na rua quando o inglês me gritou:

– Amanhã traga *maquila*! – e eu escutei as gargalhadas de Carmem.

Saí sem saber o que faria, nem consegui dormir. Pela manhã estava tão cheio de cólera contra aquela tratante que havia resolvido partir para Gibraltar sem revê-la, mas, ao primeiro toque do tambor, toda minha coragem me abandonou. Peguei minha cesta de laranjas e corri até a casa de Carmem. As persianas estavam entreabertas e eu vi seu grande olho negro a me espreitar. O empregado empetecado me fez entrar. Carmem lhe deu uma tarefa e assim que ficamos a sós ela soltou uma de suas gargalhadas estrondosas de crocodilo e saltou no meu pescoço. Nunca a vira tão linda. Vestida como uma madona, perfumada... Móveis de seda, cortinas bordadas... Ah!... E eu trajado como o ladrão que era.

– *Minchorrô!* – dizia Carmem –, tenho vontade de quebrar tudo por aqui, colocar fogo na casa e fugir para a serra.

E foram carinhos!... E depois risos!... E ela dançava, rasgava seus drapeados: nunca um macaco havia dado mais pulos, feito mais caretas, diabruras. Quando voltou ao sério:

– Escute – disse ela –, trata-se do Egito. Quero que ele me leve à Ronda, onde tenho uma irmã que é religiosa... (Aqui, nova gargalhada.) Passaremos por um lugar que te direi qual é. Caiam sobre ele: pilhem sem piedade! O melhor seria matá-lo, mas – acrescentou, com o sorriso diabólico que ostentava em alguns momentos, e esse sorriso ninguém tinha vontade de imitar – sabes o que seria preciso fazer? Que o Caolho fosse o primeiro a aparecer. Fica um pouco atrás. O camarão é valente e hábil: tem boas pistolas... Compreendes?

Ela se interrompeu soltando uma nova gargalhada que me fez estremecer.

– Não – eu disse. – Eu odeio Garcia, mas é meu camarada. Um dia talvez te livre dele, mas acertaremos nossas diferenças à maneira de meu país. Eu não sou egípcio senão por acaso e, para certas coisas, serei sempre um leal navarrino, como diz o provérbio.[56]

---

56. Navarro fino.

Ela retomou a palavra:

– Tu és uma besta, um tolo, um verdadeiro *payllo*. És como o anão que se acredita grande porque conseguiu cuspir longe.[57] Não me amas, vá embora.

Quando ela me disse: vai embora, não consegui ir. Jurei partir, retornar para junto de meus camaradas e esperar o inglês. Por seu turno, ela me prometeu ficar doente até o momento de partir de Gibraltar para Ronda. Permaneci ainda dois dias em Gibraltar. Ela teve a audácia de vir me procurar disfarçada em meu albergue. Parti; eu também tinha meu plano. Retornei ao local de nosso encontro, sabendo onde e em que hora o inglês e Carmem deveriam passar. Encontrei o Dancaire e Garcia, que esperavam por mim. Passamos a noite num bosque junto a uma fogueira de grimpas de pinheiro, que queimavam que era uma maravilha. Sugeri a Garcia jogarmos cartas. Ele aceitou. Na segunda partida, disse que ele trapaceava. Ele riu. Joguei as cartas no seu rosto. Ele tentou pegar seu bacamarte. Coloquei o pé sobre a arma e lhe disse: "Dizem que sabes lutar com facas como o melhor valentão de Málaga. Queres te exercitar comigo?". Dancaire quis nos separar. Eu havia dado dois ou três socos em Garcia. A raiva fez com que ficasse valente. Sacou sua faca, saquei

---

57. *Or esorjlé de or narsichislé, sin chismar lacbinguel.* Provérbio cigano: "A promessa de um anão é cuspir longe".

a minha. Ambos dissemos a Dancaire que deixasse livre o espaço para uma luta justa. Ele sentiu que não havia meio de fazer com que parássemos e se distanciou. Garcia já estava dobrado em dois como um gato prestes a saltar sobre um rato. Mantinha o chapéu na mão esquerda, como anteparo, a faca à frente. Era a sua guarda andaluza. Eu me postei à maneira navarrina, plantado à sua frente, o braço esquerdo levantado, a perna esquerda avançada, a faca junto à coxa direita. Eu me sentia mais forte do que um gigante. Ele se lançou sobre mim como um raio. Girei sobre o pé esquerdo e ele não encontrou mais nada à sua frente. Atingi-o na garganta e a faca entrou tão fundo que minha mão foi parar abaixo de seu queixo. Girei a lâmina com tanta força que ela se quebrou. Era o fim. A lâmina saltou da ferida, expulsa por um jorro de sangue grosso como um braço. Ele caiu de cara no chão, duro como uma estaca.

– O que você fez? – perguntou Dancaire.

– Escute – eu lhe disse –, não podíamos viver juntos. Eu amo Carmem e quero ser o único. Ademais, Garcia era um patife e eu não esqueço o que ele fez a Remendado. Somos apenas dois, mas somos bons sujeitos. Vejamos, me queres como amigo, tanto na vida quanto na morte?

Dancaire me estendeu a mão. Era um homem de cinquenta anos.

— Ao diabo com os namoricos! – gritou. – Se tivesses pedido Carmem a ele, a venderia por uma piastra. Somos apenas dois, como faremos amanhã?

— Deixe-me fazer tudo sozinho – respondi. – Agora eu me lixo pro mundo inteiro.

Enterramos Garcia e acampamos uns duzentos passos adiante. Pela manhã, Carmem e seu inglês passaram com dois muleiros e um criado. Eu disse a Dancaire:

— Eu cuido do inglês. Tu espantas os outros, eles não estão armados.

O inglês era corajoso. Se Carmem não tivesse empurrado seu braço ele me mataria. Em resumo, reconquistei Carmem nesse dia e a primeira coisa que lhe disse é que estava viúva. Quando soube como tudo se passara:

— Tu serás para sempre um *lillipendi*! – me disse. – Garcia devia te matar. Tua guarda navarrina não passa de uma bobagem, e ele mandou para o inferno muita gente mais hábil do que tu. É que sua hora havia chegado. A tua virá.

— E a tua – respondi –, caso não sejas para mim uma verdadeira *romi*.

— Que seja – disse ela. – Vi, na borra do café, mais de um vez, que terminaríamos juntos. Ah! Seja o que Deus quiser!

E, como fazia quando queria se livrar de ideias incômodas, soou suas castanholas.

A gente se perde quando fala de si mesmo. Todos esses detalhes o aborrecem, sem dúvida, mas já vou concluir. Aquela vida que levávamos durou ainda bastante tempo. Dancaire e eu nos associamos a alguns camaradas mais confiáveis do que os anteriores e nos ocupamos de contrabando e, algumas vezes, é preciso confessar, atacávamos na estrada, mas só em último caso, quando não podíamos agir de outra forma. Aliás, não maltratávamos os viajantes; nos limitávamos a tomar o seu dinheiro. Durante meses me senti satisfeito com Carmem. Ela continuava a nos ser útil em nossas operações, indicando-nos os golpes que poderíamos dar. Ela ficava ora em Málaga, ora em Córdoba, ora em Granada – mas, a uma palavra minha, abandonava tudo e vinha me encontrar numa *venta* isolada ou mesmo no acampamento. Apenas uma vez, em Málaga, me causou alguma inquietude. Eu soube que ela havia se interessado por um negociante muito rico, com o qual provavelmente desejava recomeçar a brincadeira de Gibraltar. Apesar de tudo o que Dancaire me disse com a intenção de me fazer desistir, parti e entrei em Málaga em pleno dia. Procurei por Carmem e a trouxe comigo. Tivemos uma discussão áspera.

– Sabes – me disse ela – que desde que és meu *rom* eu te amo menos que quando eras meu *minchorrô*? Eu não quero ser atormentada nem comandada. O que desejo é ser livre e fazer o que me agrada. Cuidado para que eu não chegue ao limite! Se me complicas a vida, arranjo alguém que faça contigo o que fizeste com o Caolho.

Dancaire nos reconciliou. Mas havíamos dito um ao outro coisas que permaneceriam em nossos corações, e já não éramos mais os mesmos. Pouco depois, uma desgraça nos atingiu. A tropa nos surpreendeu. Dancaire foi morto junto com dois outros de nossos camaradas e outros dois foram presos. Eu fui gravemente ferido e, não fosse meu bom cavalo, teria caído mas mãos dos soldados. Extenuado pela fadiga, carregando uma bala no corpo, fui me esconder num bosque com a única companhia que me restava. Desmaiei quando desci do cavalo e acreditei que iria me estraçalhar no matagal como uma lebre que levou um tiro de chumbo.

Meu camarada me carregou até uma gruta que conhecíamos e foi procurar por Carmem. Ela estava em Granada e veio em seguida. Durante quinze dias não me deixou por um só instante. Não fechava os olhos. Tratava de mim com habilidade e carinho, como uma mulher jamais o fez pelo homem mais amado. Assim que consegui me sustentar sobre as pernas, ela me levou a Granada no maior segredo. Os ciganos encontram por toda parte abrigos seguros e passei mais de seis semanas numa casa, a duas portas do corregedor que me procurava. Mais de uma vez, olhando por trás de uma veneziana, eu o vi passar. Por fim me restabeleci. Mas havia feito muitas reflexões em meu leito de dor e planejava mudar de vida. Falei com Carmem em deixar a Espanha e procurar viver honestamente no Novo Mundo. Ela zombou de mim:

– Não fomos feitos para plantar couve – disse ela. – Nosso destino é viver às custas dos *payllos*. Veja, arranjei um negócio com Nathan Ben-Joseph, de Gibraltar. Ele tem tecidos de algodão que só esperam por ti para passar. Ele sabe que estás vivo. E conta contigo. Que diriam nossos correspondentes em Gibraltar se faltasses com tua palavra?

Deixei-me levar e retornei a minhas atividades ilícitas.

Enquanto eu estava escondido em Granada, houve corridas de touros às quais Carmem compareceu. Voltou falando muito de um picador muito hábil chamado Lucas. Sabia o nome de seu cavalo e quanto lhe custara sua roupa bordada. Não dei atenção. Juanito, o companheiro que me restava, me disse, alguns dias após, que vira Carmem com Lucas na casa de um comerciante do Zacatin. Aquilo começou a me preocupar. Perguntei a Carmem como e por que havia conhecido o picador.

— É um garoto — ela disse —, com quem poderíamos fazer um negócio. Rio que faz barulho tem água ou seixos.[58] Ele ganhou mil e duzentos reais nas corridas. Das duas, uma: ou é preciso obter esse dinheiro, ou, como é um bom cavaleiro e um belo coração, podemos envolvê-lo em nosso bando. Fulano e Sicrano morreram, tens necessidade de substituí-los. Aceita-o no grupo.

— Não quero — respondi —, nem seu dinheiro, nem sua pessoa, e te proíbo de falar dele.

— Cuidado — ela me disse. — Quando me proíbem de fazer uma coisa, ela é feita!

Felizmente, o picador partiu para Málaga, e eu me senti no dever de fazer passar os tecidos de algodão do judeu. Tive muito trabalho nessa expedição, Carmem também — e eu me esqueci de Lucas. Talvez ela o tenha esquecido também, ao menos naquele momento. Foi por esses dias, senhor, que eu o encontrei, na primeira ocasião, perto de Montilla, e, depois, perto de Córdoba. Não falarei de nosso último encontro. O senhor sabe melhor do que eu. Carmem roubou seu relógio. Ela queria também o seu dinheiro, e sobretudo esse anel que vejo em seu dedo, e que ela disse ser um anel mágico que desejava muito ter. Tivemos uma violenta discussão e eu bati nela. Ela empalideceu e chorou. Era a primeira vez que eu a via

---

58. *Len sos sonsi abela. Pani o reblendami terela.* Provérbio cigano.

chorando e isso me produziu um choque terrível. Pedi perdão, mas ela permaneceu emburrada o resto do dia, e, quando parti para Montilla, ela não quis me abraçar. Eu estava arrasado, quando, três dias depois, ela veio a meu encontro rindo, feliz como um passarinho novo. Tudo estava esquecido e parecíamos recém-apaixonados. No momento de nos separarmos, ela me disse:

– Vou a uma festa em Córdoba. Quero descobrir quem sairá de lá com dinheiro. Depois te digo.

Deixei que partisse. Ficando só, pensei naquela festa e na mudança de humor de Carmem. Já deve ter se vingado, concluí, pois já fez as pazes. Um camponês me disse que havia touros em Córdoba. Meu sangue ferveu e, como um louco, parti e fui à praça. Me mostraram Lucas e, no banco junto à barreira, reconheci Carmem. Bastou vê-la por um minuto para confirmar minhas desconfianças. Lucas, no primeiro touro, fez pose de galanteador, como eu previra. Arrancou a roseta[59] do touro e a levou para Carmem, que a colocou nos cabelos. O touro encarregou-se de me vingar. Lucas foi jogado para trás, com o cavalo sobre seu peito, e o touro caiu sobre os dois. Olhei para Carmem, que já não

---

59. *La divisa*, nó de fitas no qual a cor indica a pastagem de onde vem o touro. Este nó é fixado na pele do touro através de um colchete e constitui o máximo da galanteria arrancá-lo de um animal vivo e oferecê-lo a uma mulher.

estava em seu lugar. Para mim era impossível sair de onde estava e fui obrigado a esperar o final das corridas. Fui então à casa que o senhor conhece e fiquei de campana toda a tarde e parte da noite. Perto de duas horas da manhã, Carmem retornou e ficou um tanto surpresa ao me ver.

– Venha comigo – eu lhe disse.
– Está bem – disse ela –, vamos.

Fui pegar meu cavalo, coloquei-a na garupa, e marchamos o resto da noite sem trocar uma só palavra. Paramos quando já era dia numa *venta* isolada, próxima de um pequeno ermitério. Lá eu disse a Carmem:

– Escuta, eu esqueço tudo. Não te falarei de nada. Mas jure uma coisa para mim: que irás me seguir à América e que lá ficarás sossegada.

– Não – disse ela, num tom emburrado –, não quero ir à América. Me sinto bem aqui.

– Decerto porque estás perto de Lucas. Mas, pense bem, se ele se curar não será para morrer de velho. Ademais, por que me preocupar com ele? Estou cansado de matar teus amantes. É a ti que eu matarei.

Ela me olhou fixamente com seu olhar selvagem e disse:

– Sempre pensei que tu me matarias. A primeira vez que te vi, acabara de encontrar um padre à porta de minha casa. E, naquela noite, saindo de

Córdoba, não viste nada? Uma lebre atravessou o caminho por entre as patas de teu cavalo. Está escrito.

– Carmencita – perguntei –, será que não me amas mais?

Ela não respondeu nada. Estava sentada, as pernas cruzadas sobre uma esteira e rabiscava o chão com o dedo.

– Mudemos de vida, Carmem – disse-lhe num tom suplicante. – Vamos viver num lugar onde não nos separaremos jamais. Sabes que temos, não distante daqui, debaixo de um carvalho, cento e vinte onças enterradas... Depois, temos fundos disponíveis com o judeu Ben-Joseph.

Ela começou a sorrir e me disse:

– Eu primeiro, tu depois. Sei que isso deverá acontecer assim.

– Pense bem – retomei. – Estou no limite de minha paciência e de minha coragem. Decida-se, ou eu decidirei a meu modo.

Eu a deixei e fui andar em torno do ermitério. Encontrei um eremita que rezava. Esperei que terminasse sua oração. Gostaria de ter rezado, mas não consegui. Quando ele se levantou, me dirigi a ele.

– Meu pai, o senhor rezaria por alguém que está em grande perigo?

– Rezo por todos os aflitos – disse ele.

– O senhor poderia rezar uma missa por uma alma que talvez vá se apresentar perante o Criador?

– Sim – respondeu, olhando-me fixamente.

E, como havia em mim algo de estranho, ele quis fazer com que eu falasse:

– Parece que eu já o vi.

Coloquei uma piastra sobre seu banco.

– Quando rezará a missa? – perguntei.

– Dentro de meia hora. O filho do dono da pousada virá me auxiliar. Diga, meu jovem, não está com algo a atormentar sua consciência? Gostaria de escutar conselhos de um cristão?

Eu estava quase chorando. Disse que voltaria e me afastei. Ia me deitar sobre a grama até que escutasse o sino. Então, me aproximei, mas permaneci fora da capela. Quando a missa terminou, retornei à *venta*. Esperava que Carmem houvesse fugido. Poderia ter pego meu cavalo e se livrado do perigo... Mas a reencontrei. Ela não queria dar a impressão de que eu lhe causara medo. Durante minha ausência, havia desfeito a bainha de seu vestido e dela retirara o chumbo. Agora estava diante de uma mesa, olhando, numa terrina cheia de água, o chumbo que mandara derreter. Estava de tal forma ocupada com sua magia que de início não percebeu meu retorno. Em seguida, pegou um pedaço de chumbo, virando-o de todos os lados com um ar triste, e cantou uma de suas canções mágicas na qual invocava Maria Padilha, a amante de Dom Pedro, que foi, segundo se diz, a *Bari-Crallisa*, ou a grande rainha dos ciganos[60]:

– Carmem – eu disse –, quer vir comigo?

Ela se levantou, jogou sua terrina e colocou a mantilha sobre a cabeça, como se estivesse prestes a partir. Trouxeram meu cavalo, ela montou na garupa e nos afastamos.

– Portanto, minha Carmem – eu disse após um trecho do caminho –, queres me seguir, não é?

– Eu te sigo na morte, sim, mas não viverei mais contigo.

Estávamos numa garganta isolada. Parei meu cavalo.

– É aqui? – perguntou ela.

E, com um salto, colocou-se no chão. Retirou sua mantilha, jogou-a a seus pés e se manteve imóvel, uma das mãos nos quadris, olhando-me fixamente.

– Queres me matar, estou vendo. Está escrito, mas não me farás ceder.

– Te peço, sejas razoável. Escuta, o passado está esquecido. No entanto, tu sabes, foste tu que me puseste a perder: foi por ti que me tornei um

---

60. Maria Padilha foi acusada de ter enfeitiçado o rei Dom Pedro. Uma tradição popular relata que ela havia presenteado a rainha Blanche de Bourbon com um cinto de ouro, que pareceu, aos olhos fascinados do rei, uma serpente viva. Daí a repugnância que ele para sempre sentiria pela infeliz princesa.

ladrão e um assassino. Carmem! Minha Carmem! Permita que eu te salve e me salve contigo.

– José, me pedes o impossível. Já não te amo. Tu ainda me amas e é por isso que queres me matar. Eu poderia ainda mentir, mas não quero me forçar a isso. Tudo está acabado entre nós. Como meu *rom*, tens o direito de matar tua *romi*. Mas Carmem será para sempre livre. *Calli* ela nasceu, *calli* morrerá.

– Então amas Lucas? – perguntei.

– Sim, eu o amei, como a ti, por um instante, menos que a ti talvez. No momento não amo ninguém e me odeio por ter te amado.

Me joguei a seus pés, tomei suas mãos, encharquei-as com minhas lágrimas. Lembrei a ela todos os momentos de felicidade que havíamos passado juntos. Propus continuar bandido para lhe agradar. Tudo, senhor, tudo! Ofereci-lhe tudo, desde que ela aceitasse continuar me amando!

Ela me disse:

– Continuar te amando é impossível. Viver contigo já não quero.

A cólera tomou conta de mim. Tirei minha faca. Gostaria que ela sentisse medo e me pedisse misericórdia, mas aquela mulher era um demônio.

– Pela última vez – gritei –, queres ficar comigo?

– Não! Não! Não! – disse ela, batendo o pé.

E retirou um anel que lhe havia dado e o jogou num espinheiro.

Golpeei-a duas vezes. Era a faca do Caolho, pois a minha se quebrara. Ela caiu após o segundo golpe, sem gritar. Ainda vejo seu grande olho negro olhando-me fixamente. Ele se turvou e em seguida se fechou. Permaneci aniquilado durante cerca de uma hora diante desse cadáver. Depois, lembrei que Carmem me havia dito que gostaria de ser enterrada num bosque. Cavei uma cova com minha faca e a coloquei lá. Procurei muito por seu anel e finalmente o encontrei. Coloquei-o a seu lado na cova, com uma pequena cruz. Talvez eu houvesse errado. Em seguida montei em meu cavalo, galopei até Córdoba e fiz com que o primeiro corpo de guarda me reconhecesse. Disse que havia assassinado Carmem, mas não quis dizer onde estava o corpo. O eremita era um santo homem. Ele rezou por ela! Disse uma missa por sua alma... Pobre criança! São os *Calé* que são os culpados, já que a educaram assim.

Capítulo Quarto[61]

A Espanha é o país onde se encontram hoje, ainda em grande número, esses nômades dispersos por toda a Europa, conhecidos sob os nomes de *Bohémiens*, *Gitanos*, *Gipses*, *Zigener* etc. A maior parte vive, ou melhor, leva uma vida errante nas províncias do sul e do leste, em Andaluzia, em Estremadura, no reino de Múrcia. Há muitos deles na Catalunha. Esses últimos com frequência chegam à França. Podemos encontrá-los em todas as feiras do sul do país. Geralmente os homens exercem trabalhos de alquilador, de veterinário e de tosquiador de mulas, além do trabalho de consertar tachos e objetos de cobre, sem falar do contrabando e outras práticas ilícitas. As mulheres leem a sorte, mendigam e vendem toda espécie de drogas, inocentes ou não.

---

61. *Carmem* foi publicada originalmente na *Revue des Deux Mondes* (01/10/1845) e não incluía esse quarto capítulo, que só aparecerá em 1847, na primeira edição em livro. Nesse capítulo, que parece destoar do fluxo da narrativa, talvez não se deva ver só uma possível intromissão arbitrária do Autor, mas um fino trabalho de ironia que Mérimée dirige a seus desafetos. (N.T.)

Os caracteres físicos dos ciganos são mais fáceis de distinguir do que de descrever e, assim que tenhamos visto um só, reconheceremos um indivíduo dessa raça em meio a uma multidão. A fisionomia, a expressão, eis o que sobretudo os distingue dos povos que habitam o mesmo país. Sua pele é muito morena, sempre mais escura do que aquela das populações com as quais convivem. Daí vem o nome *Calé*, os negros, pelo qual eles se referem a si mesmos com frequência.[62] Seus olhos, ligeiramente oblíquos, bem talhados, muito negros, são sombreados por cílios longos e espessos. Só podemos comparar seu olhar com o de um animal selvagem. A audácia e a timidez estão presentes ao mesmo tempo, e desse ponto de vista seus olhos revelam muito bem o caráter da nação – astuciosos, insolentes, mas naturalmente tementes aos golpes, como Panurgo.[63] A maior parte dos homens são elegantes, esbeltos, ágeis; acredito jamais ter visto um só que fosse corpulento. Na Alemanha, as ciganas são com frequência muito belas, sendo que a beleza é bastante rara entre as gitanas da Espanha. Quando jovens elas podem passar por feiosas agradáveis, mas, quando se tornam mães,

---

62. A mim pareceu que os ciganos alemães, ainda que entendam perfeitamente a palavra *Calé*, não gostam de ser chamados dessa forma. Eles chamam a si mesmos de *Romané tchavé*.
63. Personagem de Rabelais em *Pantagruel* (1532). Do grego *panourgos*, seu nome significa *industrioso, capaz de tudo*. É um tipo debochado, covarde, cínico, mas criativo. (N.T.)

transformam-se em criaturas detestáveis. A sujeira de ambos os sexos é incrível, e quem não viu os cabelos de uma matrona cigana mal conseguirá fazer uma ideia, mesmo imaginando as jubas mais rudes, mais engorduradas, mais empoeiradas. Em algumas cidades grandes de Andaluzia, certas jovens, um pouco mais agradáveis do que outras, cuidam melhor de si mesmas. Essas dançam por dinheiro, danças que lembram muito aquelas que foram interditadas nos bailes de carnaval. Barrow, missionário inglês, autor de duas obras muito interessantes sobre os ciganos da Espanha, aos quais tentou converter à custa da Sociedade Bíblica, assegura que não há exemplo de uma cigana que tenha tido alguma fraqueza por um homem que não fosse de sua raça. Creio que há muito exagero nos elogios que faz à sua castidade. De início, um grande número delas inclui-se no caso da feia de Ovídio: *Casta quam nemo rogavit.*[64] Quanto às bonitas, são como todas as espanholas, difíceis na escolha de seus amantes. É preciso implorar para merecê-las. Barrow cita como prova da virtude delas um traço que honra à sua, sobretudo à sua ingenuidade. Um homem imoral de suas relações ofereceu, segundo ele inutilmente, muitas onças de ouro a uma bela gitana. Um andaluz, a quem contei esta história, julgou que esse homem imo-

---

64. Casta é aquela que ninguém assediou. (N.T.)

ral poderia ter mais sucesso mostrando duas ou três piastras, já que oferecer onças de ouro a uma cigana era um meio tão inadequado de persuadir quanto prometer um milhão ou dois a uma garota de albergue. – Seja como for, é certo que as gitanas dedicam a seus maridos um devotamento extraordinário. Não há perigo ou miséria que elas não enfrentem para socorrê-los em suas necessidades. Um dos nomes que os ciganos dão a si mesmos, *romé* ou os *esposos*, me parece atestar o respeito dessa raça pelo casamento. Em geral, podemos dizer que sua principal virtude é o patriotismo, se podemos chamar assim a fidelidade que observam em suas relações com os indivíduos da mesma origem que eles, sua solicitude em ajudar uns aos outros, o segredo inviolável que guardam nos seus negócios. De resto, em todas as associações misteriosas e fora da lei observamos coisa semelhante.

Visitei, há alguns meses, um bando de ciganos estabelecidos nos Vosges. Na cabana de uma velha senhora, a anciã da tribo, havia um cigano estranho a sua família, vítima de uma doença mortal. Esse homem havia deixado um hospital, no qual era bem-tratado, para ir morrer entre seus compatriotas. Há treze semanas estava acamado em casa de seus anfitriões e era mais bem tratado do que os filhos e os genros que ali viviam. Havia um bom leito de palha e de musgo com lençóis muito brancos, enquanto que o resto da família, ao todo onze pessoas, deitavam sobre tábuas de três pés de comprimento. Assim é a sua hospitalidade. A mesma mulher, tão humana para com seu hóspede, me dizia diante do doente: *Singo, singo, homte hi mulo.* Logo, logo, ele morrerá. Em suma, a vida dessa gente é tão miserável que o anúncio da morte não é nada assustador para eles.

Um traço notável do caráter dos ciganos é sua indiferença em matéria de religião. Não que sejam espíritos fortes ou céticos. Jamais fizeram profissão de ateísmo. Longe disso, adotam a religião do país no qual moram, mas a trocam ao trocarem de pátria. As superstições que, entre as gentes rudes, substituem os sentimentos religiosos lhes são igualmente estranhas, o que é usual entre pessoas que vivem comumente da credulidade dos outros. No entanto, notei nos ciganos espanhóis um horror singular diante do contato com um cadáver. Poucos aceitariam levar um morto ao cemitério por dinheiro.

Eu disse que a maior parte das ciganas lê a sorte. E se sai muito bem. Mas o que constitui uma fonte de grandes lucros para elas é a venda de feitiços e de filtros amorosos. Elas têm não somente patas de sapo para fixar corações volúveis, ou pó de ímã para despertar amor nos insensíveis, como também fazem, quando necessário, conjurações poderosas que obrigam o diabo a lhes servir. No ano passado, uma espanhola me contou a seguinte história: passava um dia numa rua de Alcalá, muito triste e preocupada, quando uma cigana acocorada na calçada lhe gritou: "Minha bela senhora, seu amante a traiu". Era verdade. "Quer que eu faça com que ele volte?" É possível imaginar com que alegria a ideia foi aceita, e qual deveria ser a confiança inspirada por uma pessoa que adivinhava assim, com um simples olhar, os segredos íntimos do coração. Como seria impossível realizar as operações mágicas na rua mais movimentada de Madrid, foi marcado um encontro para o dia seguinte. "Nada mais fácil do que trazer o infiel a seus pés", disse a cigana. "Tem um lenço, uma echarpe, uma mantilha que ele lhe tenha dado?" Entregou-lhe um xale de seda. "Agora costure com seda carmesim uma piastra num canto do xale. Num outro canto costure uma meia-piastra. Aqui, uma moedinha. Lá, uma peça de dois reais. Depois é preciso costurar, no centro, uma peça de ouro. Um dobrão seria melhor." Costurou-se o dobrão e o resto. "Agora, dê-me o xale. Vou levá-lo ao cemitério quando soar a meia-noite. Venha comigo, se quiser ver uma bela feitiçaria. Prometo que amanhã mesmo reverá aquele a quem ama." A cigana foi sozinha ao cemitério, pois todos sentem muito medo dos diabos para acompanhá-la. Deixo que imagine se a pobre amante abandonada tornou a ver seu xale ou seu marido infiel.

    Apesar de sua miséria e da espécie de aversão que inspiram, os ciganos gozam no entanto de uma certa consideração entre pessoas pouco esclarecidas, do que se mostram muito vaidosos. Sentem-se uma raça superior pela inteligência e menosprezam cordialmente o povo que lhe concede hospitalidade. Os gentios são tão idiotas, me dizia uma cigana dos Vosges, que não há mérito algum em enganá-los. Outro dia, uma camponesa me chamou na rua e me levou a sua casa. Seu fogão fumegava e ela me pediu um feitiço para fazê-lo funcionar. Pedi que me desse um toucinho. Então, murmurei algumas palavras em *romani*. "Tu és idiota", eu dizia, "tu nasceste idiota, morrerás idiota..." Quando estava perto da porta, disse-lhe em bom alemão: "A maneira infalível de impedir que seu fogão fumegue, é não acender fogo nele". E dei no pé.

    A história dos ciganos é ainda um problema. Sabemos na verdade que seus primeiros bandos, pouco numerosos, surgiram no leste da Europa, no início do século XV, mas não podemos dizer nem de onde vêm nem por que vieram parar na Europa e, o que é mais extraordinário, ignoramos como se multiplicaram em pouco tempo de um modo tão prodigioso em muitas regiões distantes umas das outras. Os próprios ciganos não conservam nenhuma tradição a respeito de sua origem, e, se a maior parte deles fala do Egito como sua pátria primitiva, é porque adotaram uma fábula muito antiga difundida a seu respeito.

A maior parte dos orientalistas que estudaram a língua dos ciganos crê que são originários da Índia. Com efeito, parece que um grande número de raízes e muitas formas gramaticais do *romani* são encontradas em idiomas derivados do sânscrito. Acredita-se que, em suas longas peregrinações, os ciganos adotaram muitas palavras estrangeiras. Em todos os dialetos do *romani*, encontramos uma quantidade de palavras gregas. Por exemplo: *cocal*, osso, de χοχχαλον; *pétalli*, ferradura de cavalo, de πφταλον; *cafi*, prego, de χαρφφ etc. Hoje, os ciganos têm tantos dialetos diferentes quanto o número de bandos separados que existem de sua raça. Em todos os lugares eles falam a língua do país onde moram mais facilmente do que seu próprio idioma, do qual não fazem uso senão para se divertir diante de estranhos. Se comparamos o dialeto dos ciganos da Alemanha com o dos espanhóis, sem comunicação entre eles há séculos, reconhecemos uma grande quantidade de palavras em comum, mas a língua original, em todos os lugares, ainda que em graus diferentes, se alterou notavelmente pelo contato com línguas mais cultas das quais esses nômades foram levados a fazer uso. O alemão, de um lado, e o espanhol, de outro, modificaram de tal forma o *romani* que seria impossível a um cigano da Floresta Negra conversar com um de seus irmãos andaluzes, ainda que bastasse trocarem algumas frases para reconhecerem que ambos falam um dialeto derivado do mesmo idioma. Algumas palavras de uso frequente são comuns, creio, a todos os dialetos. Assim, em todos os vocabulários que pude consultar, *pani* quer dizer água, *manro*, pão, *mâs*, a carne, e *lon*, o sal.

O nome dos números são quase os mesmos em todos os lugares. O dialeto alemão me parece muito mais puro do que o dialeto espanhol, pois conservou muitas formas gramaticais primitivas, enquanto que os gitanos adotaram aquelas do castelhano. Contudo, algumas palavras são exceção, para atestar a antiga comunidade de linguagem. Os pretéritos do dialeto alemão se formam anexando *ium* ao imperativo, que é sempre a raiz do verbo. Os verbos, no *romani* espanhol, se conjugam todos sobre o modelo dos verbos castelhanos da primeira conjugação. Do infinitivo *jamar*, comer, se deveria regularmente fazer *jamé*, comi, de *lillar*, tomar, se deveria fazer *lillé*, tomei. No entanto, alguns velhos ciganos dizem, por exceção: *jayon, lillon*. Não conheço outros verbos que tenham conservado essa forma antiga.

Enquanto faço esta exibição de meus parcos conhecimentos da língua *romani*, devo assinalar algumas palavras da gíria francesa que nossos ladrões retiraram dos ciganos. *Os mistérios de Paris*[65] ensinaram às pessoas educadas que *chourin* queria dizer faca. É *romani* puro. *Tchouri* é uma dessas palavras comuns a todos os dialetos. Vidocq[66] chama, a um cavalo, *grès*; é ainda um vocábulo cigano: *gras, gre, grafle, gris*. Acrescente-se ainda a palavra *romanichel*, que na gíria parisiense designa os ciganos. É corruptela de *romané tchavé*, o rapaz cigano. Mas uma etimologia da qual sinto orgulho é a de *frimousse*, fisionomia, rosto, palavra que todos os escolares empregam ou empregavam no meu tempo. Observem inicialmente que Oudin, no seu curioso dicionário, escrevia, em 1640, *firlimousse*. Ora, *firla, fila*, em *romani* quer dizer rosto, *mui* tem o mesmo significado, é exatamente o *os* – rosto – dos latinos. A combinação *firlamui* foi de imediato compreendida por um cigano purista, e eu a julgo adequada ao gênio de sua língua.

---

65. Obra de Eugène Sue (1804-1857) que teve sucesso extraordinário quando de sua publicação (1842/43), transformando seu autor em um dos notáveis do socialismo francês, o que o levou a ser deputado em 1848.
66. François Vidocq (1775-1857). Condenado a trabalhos forçados, fugiu, tornou-se espião e, posteriormente, chefe da brigada de segurança. Nele se inspirou Balzac para criar o personagem Vautrin, que aparece em várias de suas obras, como *O pai Goriot*, *As ilusões perdidas* e *Vautrin*.

Eis o suficiente para dar aos leitores de Carmem uma ideia favorável de meus estudos sobre o *romani*. Concluirei com este provérbio que vem a calhar neste momento: *En retudi panda nasti abela macha.* Em boca fechada não entra mosca.

Vida de Prosper Mérimée
Cronologia

28 de setembro de 1803 Prosper Mérimée nasce em Paris.

1812 Mérimée ingressa no Liceu Napoleão (Henrique IV).

1824 Frequenta o salão de Madame Pasta com Stendhal, Victor Jaquemont, Albert Stapfer...

1826 Mérimée frequenta Delacroix, David d'Angers, Pradier. Reencontra Stendhal em Londres.

1827 Publicação de *La Guzla*.

1828 Mérimée é ferido em duelo pelo marido de sua amante. Publicação de *La Jaquerie*, seguida de *La Famille de Carvajal*.

1829 Publicação da *Chronique du règne de Charles IX*. A *Revue de Paris* publica *Mateo Falcone, Le Carosse du Saint-Sacrement, La Vision de Charles IX. Tamango, Le Fusil Enchanté, Federigo*.

1830 Viagem à Espanha onde assiste a corridas de touros e reencontra a condessa de Montijo.

1831 Mérimée torna-se chefe do escritório do secretariado-geral no ministério da Marinha e das Colônias, depois chefe de gabinete junto ao conde d'Argout, ministro do Comércio.

1832   Mérimée reencontra Jenny Dacquin em Boulogne-sur-Mer.

1833   Ligação passageira com George Sand. Publicação de *Mosaïque* e de *La Double Méprise*.

1834   Mérimée é nomeado inspetor-geral dos monumentos históricos. Até 1860, não parará de fazer viagens de inspeção pela França e no estrangeiro. A *Revue des Deux Mondes* publica *Les âmes du purgatoire*.

1836   A Senhora Delessert torna-se sua amante. Viagem à Inglaterra. Morte de seu pai. Publicação de *Notes d'un voyage dans l'Ouest de la France*.

1837   Publicação de *La Vénus d'Ille*.

1838   Com Stendhal, Mérimée faz visitas frequentes à condessa de Montijo, que então reside em Versailhes. Publicação de *Notes d'un voyage en Auvergne*.

1839   Mérimée e Stendhal visitam Roma, Nápoles, Pompeia.

1840   Publicação de *Colomba* na *Revue des Deux Mondes* e de *Notes d'un voyage en Corse*.

1841   Publicação do *Essai sur la Guerre sociale*. Viagem à Grécia e à Turquia.

1842   Morte de Stendhal.

1844   Eleito para a Academia Francesa. Publicação de *Arsène Guillot* na *Revue des Deux Mondes*.

1845   Publicação de *Carmem*.

1846   Publicação de *L'Abbé Aubain* em *La Constitutionnel*. Viagem à Alemanha e a Barcelona. Mérimée conclui *Il Viccolo di madama Lucrezia*.

1847   Mérimée e sua mãe mudam-se para a rua Jacob, em Paris. Publicação de *Histoire de Dom Phèdre Ier., roi de Castille* na *Revue des Deux Mondes*.

1848   Mérimée assiste aos dias de rebelião e declina ideias conservadoras diante de seus amigos. Consagra-se ao estudo da língua russa.

1849   Publicação de sua tradução de *La Dame de pique*, de Pouchkine, na *Revue des Deux Mondes*.

1850   Mérimée parte para a Inglaterra. Publicação de *H. B.*, homenagem a Stendhal.

1852   Mérimée é promovido oficial da Legião de honra. Morte de sua mãe. Condenado a quinze dias de prisão no Palácio da Justiça após artigos sobre o processo Libri. Publicação do ensaio histórico *Épisode de l'histoire de Russie, Les Faux Démétrius*.

1853   Casamento de Napoleão II com Eugênia de Montijo. Nomeado senador, seu novo título lhe vale a hostilidade de seus amigos. Estadia na Espanha. Publicação, em livro, de *Deux Héritages*, seguido de *L'Inspecteur général* e de *Débuts d'un aventurier*.

1854   Ruptura com a senhora Delessert. Viagem de dois meses à Europa central.

1856   Viagens à Alemanha e à Escócia. A partir desse ano, Mérimée, por questões de saúde, passará todos os invernos em Cannes.

1858   Na Inglaterra, Mérimée conhece Tourgueniev. Viagem pela Europa.

1860   Napoleão III encarrega-o de preparar documentos para um projeto de obra intitulada *Histoire de Jules César*.

1864   Estadia na Inglaterra, onde é recebido por Palmerston. Última viagem à Espanha.

1865   Estadia em Biarritz, onde vê Bismark.

1866   Mérimée é promovido a grande oficial da Legião de Honra. Escreve *La chambre bleue*.

1868 Artigos sobre Alexandre Pouchkine e Ivan Tourgueniev em *Le Moniteur universel*. Asmático, Mérimée faz dois tratamentos em Montpellier.

1870 Mérimée começa *Djoumane*, sua última novela. Após a declaração de guerra à Prússia, tenta, em vão, persuadir Thiers a se unir ao Império. Mérimée morre no dia 23 de setembro em Cannes, onde o corpo é sepultado no cemitério protestante.

Coleção L&PM POCKET (LANÇAMENTOS MAIS RECENTES)

739. **A última legião** – Valerio Massimo Manfredi
740. **As virgens suicidas** – Jeffrey Eugenides
741. **Sol nascente** – Michael Crichton
742. **Duzentos ladrões** – Dalton Trevisan
743. **Os devaneios do caminhante solitário** – Rousseau
744. **Garfield, o rei da preguiça (10)** – Jim Davis
745. **Os magnatas** – Charles R. Morris
746. **Pulp** – Charles Bukowski
747. **Enquanto agonizo** – William Faulkner
748. **Aline: viciada em sexo (3)** – Adão Iturrusgarai
749. **A dama do cachorrinho** – Anton Tchékhov
750. **Tito Andrônico** – Shakespeare
751. **Antologia poética** – Anna Akhmátova
752. **O melhor de Hagar 6** – Dik e Chris Browne
753. **(12).Michelangelo** – Nadine Sautel
754. **Dilbert (4)** – Scott Adams
755. **O jardim das cerejeiras** seguido de **Tio Vânia** – Tchékhov
756. **Geração Beat** – Claudio Willer
757. **Santos Dumont** – Alcy Cheuiche
758. **Budismo** – Claude B. Levenson
759. **Cleópatra** – Christian-Georges Schwentzel
760. **Revolução Francesa** – Frédéric Bluche, Stéphane Rials e Jean Tulard
761. **A crise de 1929** – Bernard Gazier
762. **Sigmund Freud** – Edson Sousa e Paulo Endo
763. **Império Romano** – Patrick Le Roux
764. **Cruzadas** – Cécile Morrisson
765. **O mistério do Trem Azul** – Agatha Christie
766. **Os escrúpulos de Maigret** – Simenon
767. **Maigret se diverte** – Simenon
768. **Senso comum** – Thomas Paine
769. **O parque dos dinossauros** – Michael Crichton
770. **Trilogia da paixão** – Goethe
771. **A simples arte de matar (vol.1)** – R. Chandler
772. **A simples arte de matar (vol.2)** – R. Chandler
773. **Snoopy: No mundo da lua! (8)** – Charles Schulz
774. **Os Quatro Grandes** – Agatha Christie
775. **Um brinde de cianureto** – Agatha Christie
776. **Súplicas atendidas** – Truman Capote
777. **Ainda restam aveleiras** – Millôr Fernandes
778. **Maigret e o ladrão preguiçoso** – Simenon
779. **A viúva imortal** – Millôr Fernandes
780. **Cabala** – Roland Goetschel
781. **Capitalismo** – Claude Jessua
782. **Mitologia grega** – Pierre Grimal
783. **Economia: 100 palavras-chave** – Jean-Paul Betbèze
784. **Marxismo** – Henri Lefebvre
785. **Punição para a inocência** – Agatha Christie
786. **A extravagância do morto** – Agatha Christie
787. **(13).Cézanne** – Bernard Fauconnier
788. **A identidade Bourne** – Robert Ludlum
789. **Da tranquilidade da alma** – Sêneca
790. **Um artista da fome** seguido de **Na colônia penal e outras histórias** – Kafka
791. **Histórias de fantasmas** – Charles Dickens
792. **A louca de Maigret** – Simenon
793. **O amigo de infância de Maigret** – Simenon
794. **O revólver de Maigret** – Simenon
795. **A fuga do sr. Monde** – Simenon
796. **O Uruguai** – Basílio da Gama
797. **A mão misteriosa** – Agatha Christie
798. **Testemunha ocular do crime** – Agatha Christie
799. **Crepúsculo dos ídolos** – Friedrich Nietzsche
800. **Maigret e o negociante de vinhos** – Simenon
801. **Maigret e o mendigo** – Simenon
802. **O grande golpe** – Dashiell Hammett
803. **Humor barra pesada** – Nani
804. **Vinho** – Jean-François Gautier
805. **Egito Antigo** – Sophie Desplancques
806. **(14).Baudelaire** – Jean-Baptiste Baronian
807. **Caminho da sabedoria, caminho da paz** – Dalai Lama e Felizitas von Schönborn
808. **Senhor e servo e outras histórias** – Tolstói
809. **Os cadernos de Malte Laurids Brigge** – Rilke
810. **Dilbert (5)** – Scott Adams
811. **Big Sur** – Jack Kerouac
812. **Seguindo a correnteza** – Agatha Christie
813. **O álibi** – Sandra Brown
814. **Montanha-russa** – Martha Medeiros
815. **Coisas da vida** – Martha Medeiros
816. **A cantada infalível** seguido de **A mulher do centroavante** – David Coimbra
817. **Maigret e os crimes do cais** – Simenon
818. **Sinal vermelho** – Simenon
819. **Snoopy: Pausa para a soneca (9)** – Charles Schulz
820. **De pernas pro ar** – Eduardo Galeano
821. **Tragédias gregas** – Pascal Thiercy
822. **Existencialismo** – Jacques Colette
823. **Nietzsche** – Jean Granier
824. **Amar ou depender?** – Walter Riso
825. **Darmapada: A doutrina budista em versos**
826. **J'Accuse...! – a verdade em marcha** – Zola
827. **Os crimes ABC** – Agatha Christie
828. **Um gato entre os pombos** – Agatha Christie
829. **Maigret e o sumiço do sr. Charles** – Simenon
830. **Maigret e a morte do jogador** – Simenon
831. **Dicionário de teatro** – Luiz Paulo Vasconcellos
832. **Cartas extraviadas** – Martha Medeiros
833. **A longa viagem de prazer** – J. J. Morosoli
834. **Receitas fáceis** – J. A. Pinheiro Machado
835. **(14).Mais fatos & mitos** – Dr. Fernando Lucchese
836. **(15).Boa viagem!** – Dr. Fernando Lucchese
837. **Aline: Finalmente nua!!! (4)** – Adão Iturrusgarai
838. **Mônica tem uma novidade!** – Mauricio de Sousa
839. **Cebolinha em apuros!** – Mauricio de Sousa
840. **Sócios no crime** – Agatha Christie
841. **Bocas do tempo** – Eduardo Galeano
842. **Orgulho e preconceito** – Jane Austen
843. **Impressionismo** – Dominique Lobstein
844. **Escrita chinesa** – Viviane Alleton
845. **Paris: uma história** – Yvan Combeau
846. **(15).Van Gogh** – David Haziot
847. **Maigret e o corpo sem cabeça** – Simenon
848. **Portal do destino** – Agatha Christie
849. **O futuro de uma ilusão** – Freud
850. **O mal-estar na cultura** – Freud

851. **Maigret e o matador** – Simenon
852. **Maigret e as fantasmas** – Simenon
853. **Um crime adormecido** – Agatha Christie
854. **Satori em Paris** – Jack Kerouac
855. **Medo e delírio em Las Vegas** – Hunter Thompson
856. **Um negócio fracassado e outros contos de humor** – Tchékhov
857. **Mônica está de férias!** – Mauricio de Sousa
858. **De quem é esse coelho?** – Mauricio de Sousa
859. **O burgomestre de Furnes** – Simenon
860. **O mistério Sittaford** – Agatha Christie
861. **Manhã transfigurada** – Luiz Antonio de Assis Brasil
862. **Alexandre, o Grande** – Pierre Briant
863. **Jesus** – Charles Perrot
864. **Islã** – Paul Balta
865. **Guerra da Secessão** – Farid Ameur
866. **Um rio que vem da Grécia** – Cláudio Moreno
867. **Maigret e os colegas americanos** – Simenon
868. **Assassinato na casa do pastor** – Agatha Christie
869. **Manual do líder** – Napoleão Bonaparte
870.(16).**Billie Holiday** – Sylvia Fol
871. **Bidu arrasando!** – Mauricio de Sousa
872. **Desventuras em família** – Mauricio de Sousa
873. **Liberty Bar** – Simenon
874. **E no final a morte** – Agatha Christie
875. **Guia prático do Português correto – vol. 4** – Cláudio Moreno
876. **Dilbert (6)** – Scott Adams
877.(17).**Leonardo da Vinci** – Sophie Chauveau
878. **Bella Toscana** – Frances Mayes
879. **A arte da ficção** – David Lodge
880. **Striptiras (4)** – Laerte
881. **Skrotinhos** – Angeli
882. **Depois do funeral** – Agatha Christie
883. **Radicci 7** – Iotti
884. **Walden** – H. D. Thoreau
885. **Lincoln** – Allen C. Guelzo
886. **Primeira Guerra Mundial** – Michael Howard
887. **A linha de sombra** – Joseph Conrad
888. **O amor é um cão dos diabos** – Bukowski
889. **Maigret sai em viagem** – Simenon
890. **Despertar: uma vida de Buda** – Jack Kerouac
891.(18).**Albert Einstein** – Laurent Seksik
892. **Hell's Angels** – Hunter Thompson
893. **Ausência na primavera** – Agatha Christie
894. **Dilbert (7)** – Scott Adams
895. **Ao sul de lugar nenhum** – Bukowski
896. **Maquiavel** – Quentin Skinner
897. **Sócrates** – C.C.W. Taylor
898. **A casa do canal** – Simenon
899. **O Natal de Poirot** – Agatha Christie
900. **As veias abertas da América Latina** – Eduardo Galeano
901. **Snoopy: Sempre alerta! (10)** – Charles Schulz
902. **Chico Bento: Plantando confusão** – Mauricio de Sousa
903. **Penadinho: Quem é morto sempre aparece** – Mauricio de Sousa
904. **A vida sexual da mulher feia** – Claudia Tajes
905. **100 segredos de liquidificador** – José Antonio Pinheiro Machado
906. **Sexo muito prazer 2** – Laura Meyer da Silva
907. **Os nascimentos** – Eduardo Galeano
908. **As caras e as máscaras** – Eduardo Galeano
909. **O século do vento** – Eduardo Galeano
910. **Poirot perde uma cliente** – Agatha Christie
911. **Cérebro** – Michael O'Shea
912. **O escaravelho de ouro e outras histórias** – Edgar Allan Poe
913. **Piadas para sempre (4)** – Visconde da Casa Verde
914. **100 receitas de massas light** – Helena Tonetto
915.(19).**Oscar Wilde** – Daniel Salvatore Schiffer
916. **Uma breve história do mundo** – H. G. Wells
917. **A Casa do Penhasco** – Agatha Christie
918. **Maigret e o finado sr. Gallet** – Simenon
919. **John M. Keynes** – Bernard Gazier
920.(20).**Virginia Woolf** – Alexandra Lemasson
921. **Peter e Wendy** seguido de **Peter Pan em Kensington Gardens** – J. M. Barrie
922. **Aline: numas de colegial (5)** – Adão Iturrusgarai
923. **Uma dose mortal** – Agatha Christie
924. **Os trabalhos de Hércules** – Agatha Christie
925. **Maigret na escola** – Simenon
926. **Kant** – Roger Scruton
927. **A inocência do Padre Brown** – G.K. Chesterton
928. **Casa Velha** – Machado de Assis
929. ~~**Marcas de nascença**~~ – ~~Nancy Huston~~
930. **Aulete de bolso**
931. **Hora Zero** – Agatha Christie
932. **Morte na Mesopotâmia** – Agatha Christie
933. **Um crime na Holanda** – Simenon
934. **Nem te conto, João** – Dalton Trevisan
935. **As aventuras de Huckleberry Finn** – Mark Twain
936.(21).**Marilyn Monroe** – Anne Plantagenet
937. **China moderna** – Rana Mitter
938. **Dinossauros** – David Norman
939. **Louca por homem** – Claudia Tajes
940. **Amores de alto risco** – Walter Riso
941. **Jogo de damas** – David Coimbra
942. **Filha é filha** – Agatha Christie
943. **M ou N?** – Agatha Christie
944. **Maigret se defende** – Simenon
945. **Bidu: diversão em dobro!** – Mauricio de Sousa
946. **Fogo** – Anaïs Nin
947. **Rum: diário de um jornalista bêbado** – Hunter Thompson
948. **Persuasão** – Jane Austen
949. **Lágrimas na chuva** – Sergio Faraco
950. **Mulheres** – Bukowski
951. **Um pressentimento funesto** – Agatha Christie
952. **Cartas na mesa** – Agatha Christie
953. **Maigret em Vichy** – Simenon
954. **O lobo do mar** – Jack London
955. **Os gatos** – Patricia Highsmith
956. **Jesus** – Christiane Rancé
957. **História da medicina** – William Bynum
958. **O Morro dos Ventos Uivantes** – Emily Brontë
959. **A filosofia na era trágica dos gregos** – Nietzsche
960. **Os treze problemas** – Agatha Christie
961. **A massagista japonesa** – Moacyr Scliar
962. **A taberna dos dois tostões** – Simenon
963. **Humor do miserê** – Nani
964. **Todo o mundo tem dúvida, inclusive você** – Édison Oliveira
965. **A dama do Bar Nevada** – Sergio Faraco

UMA SÉRIE COM MUITA HISTÓRIA PRA CONTAR

Alexandre, o Grande, Pierre Briant | **Budismo**, Claude B. Levenson | **Cabala**, Roland Goetschel | **Capitalismo**, Claude Jessua | **Cérebro**, Michael O'Shea | **China moderna**, Rana Mitter | **Cleópatra**, Christian-Georges Schwentzel | **A crise de 1929**, Bernard Gazier | **Cruzadas**, Cécile Morrisson | **Dinossauros**, David Norman | **Economia: 100 palavras-chave**, Jean-Paul Betbèze | **Egito Antigo**, Sophie Desplancques | **Escrita chinesa**, Viviane Alleton | **Existencialismo**, Jacques Colette | **Geração Beat**, Claudio Willer | **Guerra da Secessão**, Farid Ameur | **História da medicina**, William Bynum | **Império Romano**, Patrick Le Roux | **Impressionismo**, Dominique Lobstein | **Islã**, Paul Balta | **Jesus**, Charles Perrot | **John M. Keynes**, Bernard Gazier | **Kant**, Roger Scruton | **Lincoln**, Allen C. Guelzo | **Maquiavel**, Quentin Skinner | **Marxismo**, Henri Lefebvre | **Mitologia grega**, Pierre Grimal | **Nietzsche**, Jean Granier | **Paris: uma história**, Yvan Combeau | **Primeira Guerra Mundial**, Michael Howard | **Revolução Francesa**, Frédéric Bluche, Stéphane Rials e Jean Tulard | **Santos Dumont**, Alcy Cheuiche | **Sigmund Freud**, Edson Sousa e Paulo Endo | **Sócrates**, Cristopher Taylor | **Tragédias gregas**, Pascal Thiercy | **Vinho**, Jean-François Gautier

L&PMPOCKET**ENCYCLOPAEDIA**
Conhecimento na medida certa

IMPRESSÃO:

GRÁFICA EDITORA
Pallotti
IMAGEM DE QUALIDADE

Santa Maria - RS - Fone/Fax: (55) 3220.4500
www.pallotti.com.br